Seductora venganza

Maxine Sullivan

HARLEQUIN™

Editado por HARLEQUIN IBÉRICA, S.A.
Hermosilla, 21
28001 Madrid

I.S.B.N.: 978-84-671-5811-3
Depósito legal: B-51125-2007
Editor responsable: Luis Pugni
Composición: M.T. Color & Diseño, S.L.
C/. Colquide, 6 portal 2 - 3º H, 28230 Las Rozas (Madrid)
Fotomecánica: PREIMPRESIÓN 2000
C/. Algorta, 33. 28019 Madrid
Impresión y encuadernación: LITOGRAFÍA ROSÉS, S.A.
C/. Energía, 11. 08850 Gavá (Barcelona)
Fecha impresion para Argentina: 7.7.08
Distribuidor exclusivo para España: LOGISTA
Distribuidor para México: CODIPLYRSA
Distribuidores para Argentina: interior, BERTRAN, S.A.C. Vélez
Sársfield, 1950. Cap. Fed./ Buenos Aires y Gran Buenos Aires,
VACCARO SÁNCHEZ y Cía, S.A.
Distribuidor para Chile: DISTRIBUIDORA ALFA, S.A.

Capítulo Uno

Todos los hombres estaban pendientes de Kia Benton. Y Brant Matthews era uno de ellos. Había visto muchas mujeres guapas en su vida, pero ninguna de ellas lo afectaba como la mujer que acababa de entrar en el salón de baile del hotel Darwin Shangri-La. La ciudad norteña tenía un estilo de vida tropical que era la envidia del resto de Australia, pero no podía compararse con la belleza de aquella mujer.

Vestida para una noche llena de brillo y glamour, Kia estaba preciosa, con su pelo rubio ceniza sujeto en un elegante moño, sus facciones perfectas acentuadas por el eye liner negro que destacaba el brillo de sus ojos azules...

Ojos de seductora, pensó Brant, deslizando la mirada sobre el vestido plateado que dejaba al descubierto los hombros, se ajustaba a la curva de sus pechos y marcaba la estrecha cintura.

Pero no era sólo su belleza lo que le gustaba de ella. Kia tenía algo que lo llamaba, que lo atraía en todos los sentidos. Una cualidad que no había encontrado en otra mujer, ni siquiera en su ex novia, Julia. Desde luego, Julia no tenía eso. No, Julia sólo quería una cosa.

Brant apretó los labios. Debía recordar que Kia no era diferente. Las dos mujeres querían lo mismo.

Dinero.

Había sospechado de Kia desde que vio una fotografía de ella con su socio, Phillip, en las páginas de sociedad de una revista. En la fotografía, Kia y Phillip iban alegremente del brazo. Que apareciese con ella en la revista fue una sorpresa para Brant.

El pie de foto decía:

¿Uno de los solteros más ricos de Australia ha sido enganchado al fin por su ayudante personal? Porque Kia Benton, evidentemente, sabe un par de cosas sobre el significado de la palabra «personal».

Sí, aquella mujer sabía cómo clavar sus garras en un hombre. Lo que no sabía era que él la había oído hablar por teléfono cuando fue a la oficina al día siguiente.

«Claro que estoy buscando un hombre rico», estaba diciendo, apoyada en el escritorio de Phillip como si aquél fuera su reino. Luego soltó una carcajada y siguió hablando: «Es igual de fácil amar a un pobre que a un rico, ¿no?».

Ésa era la razón por la que se había hecho indispensable para su socio. En dos meses, tenía a Phillip comiendo en la palma de su mano. Sí, desde luego era una buscavidas. Una buscavidas bella y engañosa.

—¿A que hacen buena pareja? —dijo la esposa de uno de los ejecutivos, interrumpiendo los pensamientos de Brant y devolviéndole al presente: a la imprescindible fiesta de Navidad organizada por la empresa para los empleados.

—La verdad es que sí —contestó su marido, volviéndose hacia la entrada para observar a Kia Benton y Phillip Reid.

La esposa del director jurídico puso una mano sobre el brazo de su marido.

—Cariño, no sé que tiene el agua de vuestra oficina, pero esa chica está cada día más guapa.

Simon sonrió, con una especie de orgullo paternal.

—Se llama Kia. Y, además de guapa, es muy inteligente.

Guapa e inteligente.

Y no tenía escrúpulo alguno en usar su talento, pensó Brant.

Si la hubiera conocido él antes que Phillip...

Pero dos meses antes se había ido a París para abrir una nueva oficina y prácticamente acababa de volver a Australia. Phillip no había querido ir porque la relación con Lynette, su novia, estaba pasando por un mal momento. Y cuando Brant volvió un mes más tarde, la secretaria de Phillip había renunciado a su puesto debido a un problema de salud y Kia había ocupado su sitio.

Como secretaria y acompañante fuera de horas de oficina.

Como aquella noche.

Claro que si él la hubiera visto antes se habrían convertido en amantes de inmediato. Sin la menor duda. Brant lo supo desde que vio aquellos ojos de color aguamarina.

¿Por qué?

Porque Kia lo sabía. Sabía la atracción que sentía por ella, el inmenso deseo de hacerla suya. Sólo tenía que mirar hacia él y un calor increíble recorría sus venas. Incluso ahora estaba ardiendo por estar dentro de ella, moviéndose despacio, viendo cómo cerraba los ojos, oyéndola murmurar su nombre...

–Y tiene coche nuevo –oyó que decía alguien–. Un Porsche.

–Qué chica tan afortunada –dijo otro–. ¿Se lo ha regalado Phillip?

Simon miró a Brant, como si supiera que ése no era un tema que debieran discutir delante del jefe.

–Pues… no estoy seguro –contestó el hombre, incómodo.

–Es comprensible –dijo la mujer de Simon–. Seguramente no querrá que tenga un accidente como le pasó a él.

Fingiendo no prestar atención a la conversación, Brant tomó un sorbo de whisky. Una noche, después de una cita con Kia, el coche de Phillip se paró repentinamente en la autopista. Phillip salió sin mirar para comprobar qué le pasaba y otro conductor lo atropelló, rompiéndole la pierna por varias partes. El resultado fue que, por el momento, tenía que ir en silla de ruedas. Y que el accidente lo dejaría con una cojera permanente.

Y Kia, que era un ángel, pensó Brant cínicamente, desde entonces no se había separado de él ni un solo momento. Manipulándolo seguramente para que le regalase el Porsche. Pero su socio y amigo merecía algo más que una mujer que sólo estaba con él por su cuenta corriente.

Sentía la tentación de demostrarle a Phillip

qué clase de mujer era Kia Benton. Si se empeñaba, no sería difícil llevársela a la cama. Pero no podía hacer eso. Por Phillip. Y por él mismo. Él sabía bien cuánto dolía que te robasen a una mujer.

Y tampoco quería arriesgar su negocio. Había tenido que corregir algunas de las decisiones de Phillip desde que empezaron a comprar otras empresas tres años antes, pero lo último que quería era inestabilidad en una sociedad que cada día tenía más éxito.

Aunque todo eso podría peligrar por una mujer que estaba decidida a conseguir todo lo que pudiera, se recordó a sí mismo mientras la observaba empujar la silla de ruedas. Sí, la chica lo hacía muy bien. Sabía cómo ganarse al público.

Furioso de que una belleza como aquélla escondiese un corazón de piedra, Brant se levantó.

—Vuelvo enseguida —le dijo a Serena, la chica con la que había ido a la fiesta.

Tenía que salir a la terraza y dejar que la brisa del mar llenara sus pulmones. Quizá así su cuerpo no ardería de deseo por una mujer que sólo merecía su desprecio.

***

Kia tomó una copa de champán e intentó relajarse. Brant había desaparecido, pero estaba segura de que volvería pronto. Aquel hombre la afectaba de una manera especial... por mucho que ella intentase evitarlo.

Aquella noche, por ejemplo, eso a lo que no podía poner nombre había empezado en cuanto entró en el salón del hotel, en cuanto sintió esos ojos clavados en ella, desnudándola. No era la primera vez que sentía el deseo de Brant Matthews como si fuera algo tangible. Todo lo contrario. Desde que se conocieron había sabido que la deseaba... a pesar de sí mismo. En su cama y fuera de ella. En cualquier momento.

Y, aunque intentaba evitarlo, ese deseo masculino había despertado el deseo en ella. Cada día más.

—¿Todo bien, Kia?

—Sí, sí. Estoy bien, Phillip —contestó ella, intentando sonreír.

Phillip Reid miró entonces su cuello.

—Me alegro mucho de que te haya gustado mi regalo.

Kia levantó la mano para tocar el collar de diamantes. Phillip quería que lo conservara, pero ella se negó en redondo y acordaron que se lo pondría sólo por esa noche.

—Es fabuloso.

–Un regalo fabuloso para una mujer fabulosa.

Kia hizo una mueca. ¿Tenía que ser tan exagerado? Phillip quería dar la impresión de que eran una pareja, pero actuaba como si fueran amantes en un melodrama de los años treinta. Y eso la hacía sentir horriblemente incómoda.

De repente, vio a Brant bailando con una mujer en la pista. Y se quedó sin aliento.

Desde luego, era un hombre impresionantemente atractivo. Guapo, rico, moreno, increíblemente sexy con aquel esmoquin...

–¿Quién es la chica que baila con Brant? –preguntó alguien.

–Su cita de esta noche –contestó otro.

Kia intentó esconder su sorpresa. Brant solía salir con rubias. Rubias guapísimas con un estilo impecable. Desde luego, las que frecuentaban su despacho eran así. Y según Evelyn, su ayudante personal, también lo eran las chicas que lo llamaban constantemente por teléfono.

Aquella morena era atípica. No era guapa, aunque tampoco fea. Pero le faltaba la confianza de esas otras mujeres… y ese vestido de flores grandes no le quedaba bien. Parecía tragársela. Como la presencia de Brant.

Y ella sabía lo que era eso, pensó al ver que la chica le sonreía tímidamente y él le devolvía una de sus sonrisas devastadoras. La morena tropezó… era lógico. Estaba bailando con Brant Matthews, el mujeriego más famoso de Australia. Quizá debería decir eso en sus tarjetas de visita.

Kia se dio cuenta entonces de que Phillip se estaba dirigiendo a ella.

—Perdona, ¿qué has dicho?

—Que es mi fisioterapeuta.

Ah, de modo que era Serena. Habían hablado por teléfono alguna vez. Pero, ¿por qué había ido Brant a la fiesta con ella? No tenía sentido.

Enseguida descubrió el porqué.

—Phillip, no habrás sido capaz…

—¿Capaz de qué?

—De emparejarlos.

Phillip arrugó el ceño.

—¿Por qué no? Me pareció que a Serena le vendría bien salir con alguien como Brant. Y a él no pareció importarle.

«Pobre chica», pensó Kia. ¿Cómo podían los hombres ser tan insensibles?

—Brant Matthews no es hombre para ella.

—¿Qué quieres decir?

—Que se dará cuenta de que la gente se pregunta qué hace con un hombre como Brant Matthews y eso la hará sentir fatal.

–Yo sólo estaba intentando ayudar –se defendió Phillip.

–Sí, ya lo sé. Pero es que… –Kia tendría que explicarle cómo funcionaba la mente de una mujer tímida e insegura. Pero no era fácil revolver en su propio pasado y revivir los malos momentos.

–Feliz Navidad, Kia.

Brant acababa de aparecer a su lado, los labios masculinos rozando su mejilla en un gesto que no significaba nada, pero lo significaba todo. El pulso de Kia se aceleró al respirar el aroma de su colonia.

–Serena, te presento a Kia Benton, la ayudante personal de Phillip.

–Hemos hablado por teléfono –sonrió Kia.

–Ah, sí, es verdad.

–Serena es un nombre precioso.

–¿En serio? –intentó sonreír la joven, nerviosa.

–Pues claro. Además, te pega mucho –dijo Brant, antes de que Kia pudiera contestar.

–Gracias.

–Eres serena, tranquila, apacible –sonrió Brant, ofreciéndole una copa de champán–. No hay muchas mujeres con las que esté tan cómodo como contigo.

Kia se percató de que la miraba por el rabillo del ojo. ¿Qué quería decir, que no estaba cómodo con ella? Menuda cara. No era culpa suya que la deseara.

–Tampoco resulta cómodo estar con algunos hombres –replicó, interviniendo en la conversación.

–¿Estás diciendo que algunos hombres te ponen nerviosa? –le preguntó Brant.

–Los hombres sólo te ponen nerviosa si los dejas. Y yo no pienso dejar que ninguno me turbe.

–¿Ah, no?

Su hostilidad era evidente. Lo había notado desde que se encontraron en el hospital. Y cada día era más antipático con ella. Lo escondía bien, pero Kia sabía que era así. Y debía ser porque Phillip tuvo el accidente después de una cita con ella...

Aunque era totalmente injusto, no pensaba hablar del asunto porque si lo hacía Brant querría hablar de su relación con Phillip... y entonces descubriría la verdad. Descubriría que todo había empezado cuando Phillip le suplicó que fuera con él a una cena de negocios porque habría gente que conocía a su ex, Lynette. A partir de ahí las cosas se les habían escapado de las manos.

Brant, mientras tanto, había apartado la mirada con un gesto de disgusto. ¿Era así como trataba a las mujeres? ¿Las usaba para divertirse y luego se libraba de ellas sin pensarlo dos veces? Pues claro que sí. No debería sorprenderla. ¿Qué creía, que ella era diferente sólo porque compartiesen una intensa atracción física?

Kia tomó un sorbo de champán mientras observaba a las parejas en la pista de baile. Phillip estaba diciendo que pensaba ir a Queensland a pasar las navidades con su familia y eso le recordó sus propios planes de ir a Adelaida para pasar las fiestas con su madre y su padrastro. Necesitaba alejarse de la oficina unos días… y de los hombres de la oficina.

–Oye, Brant, ¿te importaría bailar con Kia por mí? –preguntó Phillip entonces.

–¿Qué? –exclamó ella.

No quería bailar con Brant, no quería estar entre sus brazos. Tocándolo. Dejándose tocar por él.

–A lo mejor Kia no quiere bailar conmigo –replicó Brant, dejando claro que, aunque deseaba tenerla entre sus brazos, una parte de él no lo deseaba en absoluto.

–Phillip, no seas tonto, no tengo por qué bailar.

—Pero si te he visto moviendo los pies al ritmo de la música…

Kia abrió la boca para decir que no, pero todo el mundo la estaba mirando. Si seguía protestando, la gente se preguntaría por qué.

—Muy bien. Lo haré por ti.

Y entonces, como un caballero, Brant se acercó y le ofreció su mano. Kia intentó sonreír, pero el roce de su mano la ponía nerviosa. Y, sabiendo que estaba en peligro, se echó hacia atrás cuando él la tomó por la cintura.

—Sólo vamos a bailar —dijo Brant, irónico, sabiendo el efecto que ejercía en ella.

En todas las mujeres.

—Señor Matthews…

—Brant.

—Es usted mi jefe. Prefiero llamarlo de usted.

—¿Por qué?

—Me educaron para respetar a mis superiores.

Brant rió, mostrando unos dientes perfectos. «Para comerte mejor», pensó Kia.

—Gracias por ponerme en mi sitio.

—Es lo que intentaba hacer, sí.

—Ya lo sé. Pero no sé por qué.

—Porque es usted el jefe.

—Si soy el jefe, deberías hacer lo que yo diga —murmuró Brant.

–Lo siento, pero nunca se me ha dado bien obedecer.

–Una pena. Pero seguro que sabes cómo salirte con la tuya.

–Como todo el mundo, supongo.

–Como todas las mujeres, querrás decir.

Ah, de modo que el mujeriego tenía una pobre opinión de las mujeres. Qué típico.

–En realidad, quería decir todo el mundo. Hombres, mujeres, niños. Incluso los animales saben cómo conseguir lo que quieren.

–Me han dicho que tienes coche nuevo –dijo Brant entonces–. Un Porsche.

–Pues sí, tengo un coche nuevo –contestó ella, sin saber por qué usaba ese tono acusador.

–Debemos pagarte muy bien.

–Me pagan bien porque hago un buen trabajo.

–Seguro que sí –murmuró Brant, casi en su oído–. Desde luego, podríamos decir que haces un buen trabajo para Phillip.

–¿Qué quiere decir con eso?

–Nada, que eres una ayudante estupenda. Seguro que Phillip se considera muy afortunado.

–Eso no suena como un cumplido.

–¿Ah, no? –Brant la apretó un poco más contra su pecho.

Kia tragó saliva.

–Serena parece una chica estupenda –dijo, para cambiar de conversación.

–Sí, es muy agradable. Lo estoy pasando bien con ella.

–Naturalmente.

–¿Qué quieres decir con eso?

–¿Qué cree que quiero decir?

–¿Vas a responder a todas mis preguntas con otra pregunta?

–¿Estoy haciendo eso?

–Pensabas que no iba a hacerle ni caso, ¿no?

Sí, se le había ocurrido, desde luego. Pero sabía que Brant Matthews nunca dejaría pasar la oportunidad de seducir a una mujer, joven, mayor, guapa o fea.

–Sé que Phillip lo hace con buena intención, pero no me gusta que la haya puesto en esta situación. Le aseguro que yo sé lo que es ser un patito feo.

Brant echó la cabeza hacia atrás.

–¿Tú?

–Sí, yo. De pequeña era muy feíta.

–Lo dirás de broma.

–No, pregúntele a mi padre. A él se le daba muy bien recordarme que lo era –sonrió Kia, con tristeza. ¿Cuántas veces se había mirado al espejo deseando ser hermosa?–. Naturalmente, se mostró encantado cuando empecé a parecer una mujer más o menos atractiva.

Brant la miró a los ojos.

—¿El amor de un padre no debería ser incondicional?

—El de mi padre no. A él sólo le gusta estar con mujeres guapas.

—¿Mujeres?

—Mis padres están divorciados. Afortunadamente, mi madre encontró a otro hombre que la quiere de verdad. Mi padre se ha casado tres veces… ahora con una modelo a la que dobla la edad.

—¿Y eso te parece bien?

—Me da igual lo que haga mi padre. Pero me alegro mucho de que mi madre sea feliz.

—¿Y tu padre?

Kia tragó saliva. No sabía por qué le estaba hablando de su familia.

—Estábamos hablando de Serena.

—Serena es una niña buena.

—No creo que le haga gracia eso de «niña». Debe tener la misma edad que yo.

—Pero tú eres mucho más…

—¿Cínica?

—Iba a decir madura —sonrió Brant.

Antes de que pudiera evitarlo, Kia se encontró a sí misma sonriendo.

–Deberías sonreír así más a menudo.

–Pero si sonrío podría usted pensar que me gusta –dijo Kia entonces, con falsa dulzura.

–Y no queremos que eso pase, ¿verdad?

Afortunadamente, la canción terminó en ese momento.

–Gracias por el baile… Brant –dijo Kia, intentando apartarse. Pero Brant se lo impidió tirando de su brazo.

–Dilo otra vez.

–¿Qué?

–Mi nombre. Dilo otra vez.

En cierto modo, Kia se alegraba de que el mujeriego hubiera vuelto. No quería que fuese un hombre normal, un hombre con el que se pudiera hablar. Era mejor detestarlo.

–Brant Matthews –dijo, desafiante.

Brant soltó su brazo con expresión satisfecha… como soltaría su corazón si era tan tonta como para ofrecérselo.

Pero no lo haría, se decía a sí misma mientras volvía a la mesa.

–¿Lo has pasado bien? –le preguntó Phillip.

–Estupendamente –contestó ella, con expresión irónica.

Durante media hora, mientras esperaban que sirvieran la cena, Kia observó a la gente que bailaba en la pista mientras intercambiaba

19

alguna palabra con sus compañeros de mesa...

–Hola, Phillip.

Los dos se volvieron al oír una voz femenina. Kia había visto una fotografía de aquella mujer escondida en el escritorio de Phillip; era Lynette Kelly, su ex novia.

Phillip sonrió con aparente frialdad.

–Hola, Lynette. ¿Qué haces aquí?

La otra mujer se encogió los hombros.

–He venido con Matthew Wright –contestó.

Estaba muy guapa con un vestido de noche negro, el pelo oscuro enmarcando un hermoso rostro ovalado de pómulos altos y nariz recta.

–Ah, Matthew Wright. De modo que por fin has encontrado al hombre de tu vida –dijo Phillip, irónico.

Lynette y Phillip habían estado muy enamorados hasta que su trabajo como azafata se había interpuesto entre los dos.

–Sí, creo que sí –contestó Lynette.

Kia fue la única que se dio cuenta de que Phillip contenía el aliento. Afortunadamente, los demás no parecían percatarse de lo que estaba pasando.

Salvo Brant, claro. Brant, que no dejaba de mirarlos.

—Qué coincidencia —dijo Phillip, recuperándose rápidamente mientras tomaba la mano de Kia—. Yo también he encontrado a la mujer de mi vida. Kia ha aceptado casarse conmigo.

Capítulo Dos

—¿Casarse? —repitió Lynette, atónita.

—¿Casarse? ¿Quién va a casarse? —exclamó alguien a su lado.

—¿Kia y tú vais a casaros?

—Ah, ya sabía yo que había algo serio entre vosotros...

Kia se había quedado helada. No solía quedarse sin palabras, pero aquella vez no le salía la voz. ¿Phillip acababa de decir que iban a casarse? ¿Delante de todo el mundo?

Él tomó su mano y se la llevó a los labios en un gesto supuestamente romántico.

—Sé que íbamos a esperar hasta después de Navidad para dar la noticia, pero creo que ahora es buen momento, cariño —estaba sonriendo, pero le imploraba con los ojos que le llevase la corriente—. ¿Me perdonas por haberle contado a todo el mundo nuestro pequeño secreto?

Iba a matarlo. Hacerle un favor a su jefe era una cosa, pero aquello estaba llegando demasiado lejos. ¿Qué podía hacer? ¿Desmentirlo delante de todo el mundo? ¿Delante de Lynette? La otra mujer era precisamente la razón por la que se había convertido en la sombra de Phillip Reid.

—Pero…

—Detalles, quiero detalles —dijo alguien.

—Sí, queremos saberlo todo.

—¿Dónde está el anillo de compromiso?

Phillip soltó una carcajada que sólo a Kia le sonó falsa.

—Aún no podemos dar detalles. Le he pedido que se casara conmigo esta misma noche. Compraremos el anillo después de Navidad, ¿verdad, cariño?

Aún perpleja, Kia no sabía qué decir.

—Pues…

—Qué romántico —dijo una de las mujeres.

—Sí, muy romántico —repitió Brant, sin disimular la ironía. Como si supiera lo que estaba pasando…

Pero cuando empezó aquella charada, Phillip insistió en que no lo sabría nadie. Ni siquiera Brant. Especialmente Brant, le había dicho, preocupado de que su socio lo creyera un irresponsable. Aparentemente, Brant no le había perdonado todavía por un error que cometió con un cliente. No fue nada importante, le contó Phillip, pero Brant lo vigilaba como un halcón desde entonces.

De modo que Kia aceptó tomar parte en aquella pantomima… por sus propias razones. Porque le daba cierto grado de protección contra el deseo que veía en los ojos de Brant Matthews, por ejemplo. Siempre mirándola, como dispuesto a atacar en cuanto Phillip desapareciera.

–Eres una mujer afortunada, Kia –dijo Lynette en voz baja. Pero se había puesto pálida–. En fin, tengo que volver a mi mesa. Enhorabuena, Phillip. Adiós.

Él pareció quedarse sin aliento por un momento.

–Adiós, Lynette –dijo después, bruscamente.

Kia se mordió los labios al ver cómo Lynette se alejaba de la mesa intentando mantener una actitud digna. Todo había empezado de forma tan inocente… ella no sabía que iba a hacerle daño a nadie.

Pero Lynette estaba herida, eso era evidente. Y Phillip también. Él no podía saber que su ex novia iría a la fiesta, no podía haberse preparado para…

Kia contuvo un gemido. Phillip sabía que Lynette estaría allí. Ésa era la razón por la que se mostró tan distante después del almuerzo. La razón por la que le había dado el collar de diamantes. Y la razón por la que le había pedido que bailase con Brant… para que Lynette se fijara en ella.

Para hacerle daño a su ex novia.

Ella no quería hacerle daño a nadie y no le gustaba nada ser parte de aquella broma cruel. Y así se lo diría a Phillip cuando volvieran a casa. Y le haría prometer que aclararía las cosas de una vez por todas.

Mientras cenaban, se percató de que Brant la miraba fijamente. Pero ella no podía decir nada. Brant era el jefe y no quería perjudicar a Phillip.

Después del postre, él empujó la silla de ruedas hacia atrás.

–Vais a tener que perdonarme, pero estoy cansado y empieza a dolerme la pierna. Cariño, tú quédate y pásalo bien.

Kia estaba tan concentrada en Brant que ese anuncio la pilló por sorpresa. En realidad, Phillip no había comido casi nada y había estado callado durante toda la cena.

Seguramente porque se sentía culpable, pensó, furiosa. ¿Pensaba marcharse ahora y dejarla allí, rodeada de lobos? O, más bien, del lobo.

Brant Matthews.

–Me voy contigo –dijo, tomando su bolso.

–No hace falta, cariño. Yo voy a irme directamente a la cama.

–De todas formas, me voy a casa.

Phillip levantó una mano.

–No, en serio, cariño, quédate. No quiero estropearte la diversión.

¿Qué diversión? ¿Ver cómo Brant la fulminaba con la mirada? Y si Phillip la llamaba «cariño» una vez más se pondría a gritar. Kia iba a insistir, pero el brillo de sus ojos la hizo callar. Parecía realmente disgustado.

–De acuerdo –asintió, por compasión–. Descansa bien para que podamos ir a la exposición mañana –añadió, diciéndole con los ojos que tendrían que hablar.

–Muy bien. Te llamaré en cuanto me levante.

–Yo la llevaré a casa, no te preocupes –se ofreció Brant.

A Kia le dio un vuelco el corazón. No podía ni imaginarse en un coche con Brant. Ni siquiera un enorme salón de baile era suficiente para que se sintiera tranquila.

–No hace falta. Tomaré un taxi.

–¿Con ese vestido? –sonrió él, mirando descaradamente sus pechos–. La semana pasada atacaron a una mujer…

–Sí, pero detuvieron al hombre enseguida –lo interrumpió ella, conteniendo el deseo de tirar del vestido para taparse un poco el escote–. Era un antiguo novio. No me pasará nada.

Pero Phillip tenía el ceño arrugado.

–Brant tiene razón. Eres demasiado guapa como para salir sola de noche.

Muy bien, aquello estaba empezando a ser completamente absurdo.

–No digas bobadas. Soy una mujer adulta y sé cuidar de mí misma.

–No creo que sea una bobada que tu... prometido se preocupe por ti –intervino de nuevo Brant.

Kia hizo una mueca. ¿Qué podía decir?

–Muy bien. De acuerdo.

Satisfecho, Phillip se despidió de todo el mundo mientras Kia intentaba contener su furia. No le gustaba que la pusieran en aquella posición. La prometida de Phillip Reid... al periodista que había publicado lo de que «había enganchado a un millonario» iba a encantarle la noticia.

Afortunadamente, el enfermero de Phillip, Rick, estaba en el hotel y se encargó de él cuando salieron del salón. Kia intentó hablar con Phillip, pero sólo consiguió una disculpa rápida y la promesa de hablar del asunto al día siguiente.

De repente, la idea de volver al salón de baile y enfrentarse con Brant Matthews le parecía aterradora. Pero si decía una sola palabra que la molestase le tiraría una copa encima.

Kia sonrió para sí misma. De hecho, esperaba que lo hiciera.

Pero incluso a través del humo y de la marea de gente se le doblaron las rodillas al sentir la mirada de Brant clavada en ella…

–Hola, guapa. ¿Quieres bailar?

Ella se volvió, sorprendida. Era Danny Tripp, el hijo adolescente de uno de los ejecutivos, que trabajaba un par de días por semana en el departamento administrativo y que se ponía como un tomate cada vez que ella entraba en el despacho. Nunca había conseguido que le dijera más de dos palabras.

Pero aquella noche, por lo visto, se había armado de valor. O el alcohol lo envalentonaba.

Genial. Ahora tenía dos hombres pendientes de ella. Bueno, uno era un hombre, el otro un crío.

Cuando miró a Brant, notó un gesto de alarma. El gesto de alerta de un macho que ve a otro macho moviéndose en su territorio. Su territorio. Qué ridículo pensar así.

–Me encantaría bailar contigo, Danny.

–¿En serio? –preguntó el chico, incrédulo.

Pero enseguida la tomó por la cintura y la llevó a la pista de baile.

Antes de que pudiese evitarlo, Danny había enterrado la cara en su cuello. Nada que ver con la finura de Brant. Danny era un adolescente sediento de sexo.

Ligeramente alarmada, y oyendo los silbidos de sus amigotes, Kia puso una mano sobre su pecho.

–Oye, espera…

–No digas nada, cariño –la interrumpió él.

–Danny, apártate.

Su tono de voz debió advertirle que hablaba en serio porque el chico se apartó a toda prisa.

–Perdona, Kia. Es que… no sé, eres tan guapa.

–Sí, bueno, me parece a mí que el alcohol tiene mucho más que ver.

–Sí, es que no estoy acostumbrado al ron.

Kia sospechaba que no estaba acostumbrado a beber en absoluto.

–Una vez me emborraché con coñac y estuve enferma una semana entera.

–¿Tú te emborrachaste? ¿En serio?

–Yo también he sido joven –bromeó Kia. Aunque la razón por la que había bebido no era nada jovial. Fue el día que su padre se casó por segunda vez. Su padre, que no había querido que

29

su poco agraciada hija fuera a la boda... eso era lo que le estaba diciendo a su madre por teléfono cuando Kia levantó el auricular sin darse cuenta.

Se había sentido tan dolida por ese rechazo que no se le ocurrió otra cosa que ponerse a beber. Aunque a los quince años ya debería estar acostumbrada a los insultos de su padre.

—Espero que no se lo cuentes a nadie. Tengo una reputación que proteger.

—No diré nada, te lo prometo.

Parecía estar comportándose de forma normal... hasta que, de repente, Kia notó que la besaba en el cuello.

—¿Se puede saber qué haces?

—Pues yo...

—Suelta a la señorita —oyeron una voz entonces. Era Brant, que había aparecido a su lado como por arte de magia.

Danny se apartó inmediatamente.

—Lo siento, señor Matthews. No estaba haciendo nada malo...

—Sé muy bien lo que estabas haciendo, Daniel. Y sugiero que vuelvas con tus amiguitos antes de que se lo cuente a tu padre.

—Sólo estaba de broma, señor Matthews. Se lo prometo.

Kia casi sentía pena por el pobre chico. Brant

podía ser una figura formidable cuando quería. Aunque no sabía por qué lo estaba haciendo en aquel momento…

Bueno, sí lo sabía. Sabía perfectamente por qué quería que Danny se alejara de ella. Pero antes de que pudiera decir nada, Brant la tomó por la cintura y empezó a moverse por la pista de baile.

–No hacía falta que lo asustara de esa forma.

–Sí hacía falta –dijo él, muy serio.

Allí estaba el depredador, escondido bajo una copa de sofisticación. ¿Era ella la única que lo veía?

–No tenía por qué meterse. No ha pasado nada.

–Phillip espera que proteja a… su prometida.

–Danny sólo es un crío. Además, yo suelo defenderme sola.

–Ese jovencito te estaba sobando –dijo Brant, encogiéndose de hombros–. Pero oye, si eso es lo que te gusta…

–Cállate, Brant.

Por un momento, resultaba difícil saber cuál de los dos estaba más sorprendido, pero al final un brillo de satisfacción apareció en los ojos azules del hombre.

–¡Hurra! Ha dicho mi nombre.

Kia no pudo ocultar una sonrisa. Muy bien, le concedería aquel asalto.

—Ese chaval tiene que aprender que no puede intentar ligarse a la chica del jefe.

¿Qué jefe?, le habría gustado preguntar a Kia, sintiendo un escalofrío por la espalda ante la idea de ser «la chica» de Brant. O una de las chicas de Brant.

—Gracias.

—Bueno, creo que debo felicitarte —dijo él, después de una pausa.

—Sí, bueno…

—Me sorprende. La mayoría de las mujeres no habrían podido guardar un secreto como ése.

—Veo que tienes muy mala opinión de las mujeres.

—No, qué va. Me gustan mucho —sonrió él—. Y esos diamantes te quedan muy bien, por cierto. ¿Otro regalo de Phillip?

—¿Otro?

—Además del Porsche.

¿El Porsche? ¿Pensaba que Phillip le había regalado el Porsche?

—Phillip no me ha regalado el coche.

—Pero el collar sí, ¿no? Es muy generoso.

Lo decía como si la generosidad de Phillip fuese culpa suya. Por un momento, Kia se preguntó qué le había hecho a aquel hombre…

además de no meterse en la cama con él, claro.

En cuanto al collar, ¿cómo iba a decirle que sólo se lo había puesto a insistencia de Phillip? Entonces le preguntaría por qué… no, mejor no. Que pensara lo que le diese la gana.

Después de eso permanecieron callados mientras bailaban. Kia intentaba seguir furiosa con él, pero la música era tan bonita y el roce del cuerpo de Brant tan… agradable.

Él tenía una mano en su espalda y con cada movimiento se deslizaba un poco más arriba o más abajo.

Arriba. Abajo.

Frío. Caliente.

Dentro. Fuera.

Oh, no.

—¿Te encuentras bien?

Su ronco tono de voz devolvió a Kia a la realidad. Y la realidad era la mirada de Brant Matthews. La ardiente mirada de Brant Matthews.

—Sí… bueno, hace un poco de calor aquí. Hay demasiada gente.

—Y todos deseando soltarse el pelo —sonrió él—. ¿Tú te sueltas el pelo alguna vez, Kia?

¿Qué estaba preguntándole? ¿Si se atrevía a irse a la cama con él? De alguna forma, tenía que encontrar fuerzas para apartarse. Si Phillip estuviera allí…

–Sólo me suelto el pelo con Phillip.

Brant se puso tenso.

–Phillip no parecía él mismo esta noche.

–Es que ha trabajado mucho esta semana. Está cansado.

–¿Nada más?

–No lo sé. Quizá ser el centro de atención es demasiado para él.

–Quizá.

Todo había sido una locura desde el accidente. Pero quería que Brant pensara que el problema era la salud de Phillip, nada más. Contaba con eso para que dejase de interrogarla.

La música terminó y Kia suspiró, aliviada, cuando Brant la soltó sin decir una palabra. Luego la escoltó hasta la mesa, sin tocarla. Aun así, tuvo que contener el deseo de abanicarse. Un baile más con Brant Matthews y se habría desmayado.

–¿Lo estás pasando bien? –le preguntó Serena.

Ella sonrió, intentando disimular que su sangre hacía burbujitas como la copa de champán que tenía en la mano. Menuda pregunta. ¿Cómo iba a pasarlo bien cuando las miradas de Brant le decían que la deseaba?

—Lo estoy pasando muy bien —mintió—. Pero me habría gustado que Phillip se quedase un rato más.

—Necesita tiempo para acostumbrarse —dijo Serena, comprensiva.

—Sí, lo sé.

Afortunadamente, la música empezó de nuevo, esta vez un rock and roll, y Simon le pidió que bailase con él. Desesperada por olvidarse dc Brant, Kia aceptó la invitación. Y, en la pista, Simon demostró que no había que ser joven para moverse bien.

—Pagará por esto mañana —bromeó su mujer cuando volvieron a la mesa.

Kia sonrió, pero antes de que pudiera recuperar el aliento Bill Stewart tomó su mano e insistió en que bailase con él.

Cuando por fin pudo sentarse, estaba agotada.

—Pareces cansada —dijo Brant.

—Es que lo estoy.

Después de eso pusieron la música tan alta que era imposible mantener una conversación. Y poco después las parejas mayores decidieron que era el momento de volver a casa.

—¿Queréis que nos vayamos? —preguntó Brant, mirando a Kia y Serena—. Es más de medianoche.

Kia habría preferido quedarse allí eternamente antes que ir con él en el coche.

–Como queráis –dijo, sin embargo.

–Por mí, encantada –sonrió Serena–. Mañana tengo que trabajar.

Cuando llegaron a la puerta del hotel y Serena les dijo dónde vivía, Brant decidió que la dejaría a ella primero.

–Si a Kia no le importa, claro –sonrió, abriendo la puerta del brillante Mercedes gris.

–No, claro que no.

Serena se colocó en el asiento de atrás y Kia estuvo a punto de hacer lo mismo, pero Brant ya había abierto la puerta del pasajero y la miraba, esperando. Pronto estaría a solas con aquel hombre… un hombre que parecía haber perfeccionado el juego erótico con una sola mirada.

Sí, quizá era una suerte que estuviese «prometida» con Phillip.

Capítulo Tres

Kia se consoló a sí misma durante el trayecto pensando que, al menos, su presencia impediría que Brant intentase seducir a la inocente Serena. Aunque, si era sincera consigo misma, debía reconocer que la había tratado con gran amabilidad durante toda la noche.

Luego recordó a su padre y a todas las chicas jóvenes que habían pasado por su vida... y supo que algunos hombres no podían controlarse. Por muy inocente que fuera su víctima.

Cinco minutos después, desde el interior del coche, observó a Brant acompañando a Serena hasta el portal. Y observó también cómo le daba un besito en la mejilla.

–¿Suficientemente casto para ti? –le preguntó él, mientras volvía a arrancar el Mercedes.

¿Casto? Un beso de aquel hombre nunca podría ser considerado casto. Al menos, para ella.

–No creo que tú sepas lo que significa eso.

—Yo podría decir lo mismo de ti.

—¿De mí?

—Cariño, tú emites atractivo sexual. ¿Por qué crees que Danny se ha vuelto loco? Supongo que Phillip te habrá dicho muchas veces lo sexy que eres.

¿Sexy? No, Phillip nunca le había dicho eso.

—Sí, claro –mintió Kia.

—No pareces muy segura.

—Pues claro que estoy segura. Es que… en fin, desde el accidente nos hemos concentrado en él y no en mí.

Brant pareció pensárselo.

—Sí, es un momento muy duro para Phillip. Pero si alguna mujer puede hacerlo pensar como un hombre otra vez, esa mujer eres tú.

—¿No me digas? A lo mejor deberías dedicarte a dar consejos en la radio –replicó ella, irritada.

Brant soltó una carcajada. Un sonido rico, profundo, que la hizo contener el aliento y confirmó por qué las mujeres lo deseaban tanto. A ella ni siquiera le caía bien y, sin embargo, ésa era su reacción.

Afortunadamente para Kia, llegaron a una zona de obras y Brant tuvo que pisar el freno y concentrarse en la carretera. Después, salvo por sus indicaciones, permanecieron en silencio.

–Es la última casa, al final de la calle.

Unos minutos después, Brant detenía el Mercedes.

–¿Vives sola? –preguntó, observando la casa de un solo piso, medio escondida entre los arbustos. Evidentemente, era demasiado grande para una persona sola.

–Vivo sola, sí, pero está dividida en dos. La propietaria vive en un apartamento y yo en el otro.

Afortunadamente, June no conducía, de modo que Kia podía usar el garaje para guardar el coche. ¿Por qué no había ido en su coche al hotel?, se preguntó. Así todo habría sido más fácil. De haber sabido que Phillip se iría tan pronto, habría ido en su Porsche...

El Porsche que Brant pensaba que Phillip le había regalado.

–Te acompaño.

Kia no se molestó en decirle que no. Sabía que la seguiría de todas formas. La puerta de entrada de su casa estaba al otro lado del jardín, de modo que no podría quitárselo de encima.

–Es por aquí –murmuró, atravesando a toda prisa el camino iluminado por pequeños faroles estratégicamente colocados entre las palmeras; el golpeteo de sus tacones compitiendo con un coro de ranas.

Pero cuando llegaron a la puerta, Kia vio que estaba abierta...

—¡Dios mío!

—¿Qué ocurre?

—La puerta está abierta...

—No te muevas de aquí —dijo Brant, soltando una palabrota al pisar un montón de cristales. Enseguida entró en la casa y encendió la luz del pasillo.

Kia llegó a su lado y los dos se quedaron mirando... alguien había roto el panel de cristal de la puerta.

—Ten cuidado —dijo él.

—¿Crees que seguirán ahí dentro? —preguntó Kia en voz baja.

—Si es así lo van a lamentar —contestó Brant, sacando el móvil del bolsillo.

—¿Vas a llamar a la policía?

—Por supuesto. ¿A quién voy a llamar, a Superman?

Ella tragó saliva, nerviosa. Un minuto después, Brant guardaba el móvil.

—Por lo visto, hoy tienen mucho trabajo. Podrían tardar un rato en venir.

—¿Y qué hacemos?

—Pues imagino que tendré que hacer de héroe —suspiró él, entrando en la casa.

—¿Dónde vas?

–Tranquila –contestó Brant, tomando un cuchillo de la cocina.

–No pensarás usar eso, ¿verdad?

–Sólo como protección. Venga, pégate a mí.

No tuvo que decírselo dos veces. Kia se pegó a él como si fuera un rollo de papel pintado mientras iban de habitación en habitación. En el salón, descubrieron que su ordenador portátil y el DVD habían desaparecido, junto con un reloj antiguo y algunas otras cosas. De su dormitorio no se habían llevado nada, afortunadamente. No quería ni imaginar a un extraño tocando sus cosas. Quizá sobando sus braguitas...

Kia sintió un escalofrío.

–¿Estás bien?

–Sí, bueno... –contestó ella, temblando.

–Tranquila, no hay nadie –dijo Brant, frotando su brazo para hacerla entrar en calor. Kia levantó la mirada y Brant clavó en ella sus ojos–. Kia...

Y ella, sin darse cuenta, entreabrió los labios. Iba a besarla y... y deseaba que lo hiciera.

Justo en ese momento oyeron un crujido de cristales.

–Policía. ¿Hay alguien ahí?

–Ya era hora –suspiró Brant, después de aclararse la garganta–. Estábamos comprobando los daños.

Kia se quedó parada, intentando controlar una absurda desilusión. Evidentemente, Brant no se sentía tan frustrado como ella. O si era así, no lo demostraba. Y eso le recordó la tontería que había estado a punto de hacer. Y lo que pasaría si algún día se iba a la cama con él. Brant Matthews la usaría y después se apartaría como si no hubiera pasado nada.

Kia respiró profundamente. Tenía que ser fuerte. Había conseguido resistirse hasta entonces y seguiría haciéndolo. Sencillamente, había sido un momento de debilidad... debido al susto.

Durante diez minutos volvieron a recorrer la casa con los dos policías y luego enumeró todo lo que faltaba mientras Brant, apoyado en la encimera de la cocina, observaba la escena como si fuera un juez.

–Seguramente sería un drogadicto –opinó el policía mayor–. Necesitan dinero rápido para ponerse la dosis diaria. Menos mal que llevaba puesto ese collar, señorita. De haberlo dejado en casa se habría quedado sin él.

Kia se llevó la mano al collar, observando la expresión de Brant. Parecía furioso.

El policía interrumpió sus pensamientos sugiriendo que instalase una alarma o comprase un perro.

—Tenemos perro. Bueno, la dueña de la casa lo tiene... Ay, no hemos mirado en casa de June. Es que la casa está dividida en dos partes... ¿podríamos mirar? June ha ido a visitar a su hermana y se ha llevado a Ralphie con ella.

—Ve a echar un vistazo —dijo el hombre, señalando al policía más joven—. ¿Tiene algún sitio en el que dormir esta noche, señorita? La puerta está rota y no servirá de protección...

—Yo me quedaré con ella —se ofreció Brant.

—No hace falta. No necesito a nadie...

—¿Y si el ladrón volviera? —la interrumpió él.

—¿Para que? Ya se ha llevado todo lo que quería.

—¿Tú crees?

—Oye, no me asustes.

—Es que deberías estar asustada. Tienes una puerta rota y aunque gritases no te oiría nadie. Así que me quedo.

Qué bobada sentirse aliviada. Brant Matthews debería darle más miedo que cualquier ladrón.

—Yo creo que es lo mejor, señorita —asintió el policía mayor.

—Sí, claro.

El policía joven volvió en ese momento.

—No han entrado en la otra parte de la casa.

43

Deben haber pensado que esto era todo. Y acaba de llegar la llamada que esperábamos, sargento.

–Ah, sí. En fin, nosotros no podemos hacer nada más. Pásese mañana por la comisaría para firmar el atestado.

–Muy bien, lo haré. Gracias por todo.

–De nada. Que pasen buena noche.

Brant y Kia se quedaron en silencio un momento y luego ella se aclaró la garganta.

–Voy a preparar el sofá cama.

–No creo que pueda dormir en un sofá tan pequeño.

¿Estaba insinuando que quería acostarse con ella? Por encima de su cadáver.

Bueno, quizá no por encima de su cadáver, pero casi.

–¿No es ése el asunto? Debes permanecer despierto para protegerme, ¿no? Para eso te quedas. Además, el sofá parece pequeño, pero la cama es grande.

Brant empezó a desabrocharse la corbata.

–Menos mal. Me gusta dormir bien estirado.

–¿Ah, sí? Pues eso debe ser una novedad para ti.

–Lo dices como si hubiera una mujer en mi cama cada noche.

–¿Y no la hay?

—Cariño, no estoy casado. Sólo hay una mujer en mi cama cuando busco algo de afecto.

—O sea, todos los días. Voy a buscar una manta —dijo Kia, dirigiéndose al pasillo antes de que él pudiera responder.

Tenía que alejarse de Brant o lo estrangularía con sus propias manos. O eso o asfixiarlo con una de las almohadas cuando estuviera dormido.

El sonido del teléfono despertó a Brant bruscamente por la mañana. Había dormido fatal, dando vueltas y vueltas durante toda la noche. Culpaba al sofá cama, pero sabía que la culpa era de la mujer más sexy del mundo, que dormía a unos metros de él. Separados apenas por un muro.

—¿Sí? —contestó, medio dormido.

—¡Brant! ¿Eres tú?

—¿Phillip?

—¿Se puede saber qué haces en casa de Kia?

—Mira, no es lo que tú crees… es que anoche entraron en su casa. Un ladrón. He dormido en el sofá, por si acaso.

—¿Y ella está bien?

—Sí, sí, cuando la traje a casa descubrimos que alguien había entrado y llamamos a la policía. Pero ella está bien.

Brant levantó la mirada y vio a Kia en la puerta. Tenía ojos de sueño y el pelo seductoramente despeinado. Sin una gota de maquillaje estaba tan bella como la noche anterior. Incluso más. Estaba tan guapa con aquella especie de kimono azul que tuvo que hacer un esfuerzo para no soltar el teléfono y tomarla entre sus brazos.

—Me alegro de que estuvieras con ella —estaba diciendo Phillip.

—Supongo que habría preferido que fueras tú...

—¿Es Phillip? —lo interrumpió ella.

—Sí.

Kia le quitó el teléfono de la mano.

—¿Phillip? ¿Te ha contado Brant lo que ha pasado...? Sí, menudo susto. Rompieron el cristal de la puerta y la policía cree...

Siguió hablando, pero Brant había dejado de escuchar. Y casi había dejado de respirar. Sólo podía mirar el kimono de seda que marcaba la suave curva de sus nalgas... Cómo le gustaría pasar las manos por ellas. Dejando escapar un gemido ronco, cerró los ojos y apoyó la cabeza en la almohada. Tenía que dejar de pensar en ella. Kia no merecía la pena...

—¿Brant?

—¿Sí?

—¿Estás despierto?

–No, es que hablo en sueños –suspiró él, saltando de la cama.

–Eso es algo de lo que yo no me enteraré nunca.

–No, ya lo sé.

Y, de repente, ésa era la gran pena de su vida. Muy bien, eso y haber tenido una relación con Julia durante tantos años. La inocente Julia, que lo dejó plantado para casarse con su hermano.

–¿Phillip habla en sueños? –le preguntó entonces, obligándose a recordar quién era aquella mujer y qué perseguía.

Dinero.

–Sólo para decirme cositas al oído –contestó Kia.

Una intensa punzada de celos se clavó en el corazón de Brant. Debería ser él quien le dijera cositas al oído. Él quien se tumbase a su lado; él quien le hiciera el amor. No Phillip.

¿Por qué le parecía imposible una relación entre Kia y su socio? Había algo que no cuadraba... pero no sabía qué. Algo importante. Pero sólo era una impresión, una sensación.

–¿Quieres un café antes de irte?

Cuando giró la cabeza, Brant la pilló mirando su estómago plano. Y, a pesar de estar prometida con Phillip, era evidente que había deseo en esa mirada.

Qué interesante.

Le costó trabajo subirse la cremallera del pantalón.

—¿Por qué no llamaste a Phillip anoche?

De repente, se le había ocurrido que era aún más interesante que Kia no hubiera ido corriendo a casa de su prometido después del robo.

—Pues… es que no quería despertarlo.

—Si fueras mi prometida, no me importaría nada que me despertases.

—Ya sabes que Phillip está muy cansado. Y cuando se fue de la fiesta le dolía la pierna.

—Aun así.

—Phillip no es como tú.

No, no lo era. Phillip era hombre de una sola mujer. Y esa mujer era Lynette Kelly. Desde que vio la reacción de Phillip al encontrarse con Lynette en la fiesta había tenido aquella sensación… ¿y la reacción de Lynette? Los dos seguían enamorados, de eso no le cabía duda.

Brant miró a Kia, preguntándose si ella lo sabría. Al menos, debería haber notado algo.

—Olvídate del café —murmuró, poniéndose la camisa.

Tenía que salir de allí antes de hacer o decir algo que lamentase después. Phillip podía estar enamorado de Lynette, pero, evidentemente, no pensaba hacer nada al respecto. Y Kia debía estar dándole las gracias al cielo por haber encontrado a un hombre al que no le importaba que se casaran con él por su dinero.

Suspirando, Brant se sentó en la cama para ponerse calcetines y zapatos.

—Voy a llamar a alguien para que venga a arreglarte la puerta.

—No hace falta. Yo también tengo teléfono —replicó Kia.

—Ya lo sé, pero yo puedo conseguirlo antes. Tengo contactos.

—¿En el mundo de la ferretería? —bromeó ella.

—En todos los mundos —sonrió Brant.

—Lo que quieres decir es que le ofrecerás dinero a alguien.

—La empresa puede permitírselo.

—No digas tonterías. No pienso dejar que la empresa pague por esto.

Brant la miró, irónico. ¿A quién intentaba engañar?

—¿Piensas dormir aquí con el cristal de la puerta roto? Claro que yo podría volver esta noche y dormir en el sofá otra vez.

Era una tonta amenaza. No podría dormir cerca de ella sin tocarla. Además, tenía cosas mejores que hacer.

—Me iré a un hotel.

—Muy bien. Y cuando vuelvas a casa, se habrán llevado todo lo que dejaron –dijo Brant–. No, de eso nada. Alguien pasará por aquí dentro de una hora.

—Brant... –empezó a decir Kia. Pero el sonido del teléfono la interrumpió.

—Contesta –dijo él. Y luego salió de la casa sin que Kia pudiera decir una palabra.

Lo más interesante era que no hubiera mencionado la posibilidad de dormir en casa de Phillip cuando ésa sería la solución ideal. Quizá estaba esperando hasta después de la boda para mantener relaciones sexuales, pensó cínicamente.

Capítulo Cuatro

Más tarde, cuando sonó el timbre, Kia tuvo que respirar profundamente para calmarse. Estaba furiosa con Brant por enviar a un especialista en sistemas de alarma, pero no pensaba dejar que Brant Matthews le estropease una exposición de arte a la que le apetecía mucho ir…

–Buenas tardes, Kia.

Ella se quedó helada. El hombre que estaba en la puerta no era Phillip. No, aquel hombre emitía un atractivo sexual tan potente que el aire parecía cargado de electricidad. Con un pantalón oscuro y un polo gris que se amoldaba perfectamente a su torso, tenía un aspecto informal, juvenil, absolutamente seguro de sí mismo. Un hombre con el que cualquier mujer se sentiría orgullosa de salir.

Cualquier mujer salvo ella, claro.

–¿No vas a invitarme a pasar? –sonrió Brant, entrando sin esperar invitación.

–¡Cómo te atreves!

–¿Cómo me atrevo a entrar en tu casa? Pues anoche no te importó...

–Me refiero a la alarma.

–¿No te la han puesto bien?

–La han puesto estupendamente, pero yo no te he pedido que me instalases una alarma.

–Pensé que un sistema de alarma en toda la casa sería lo más conveniente...

–¿Tú pensaste? ¿Y por qué tienes tú que pensar lo que hay que poner en mi casa?

–Ya te dije que lo pagaba la empresa.

–No es por el dinero –replicó Kia, apretando los dientes.

–¿Ah, no? Entonces, ¿cuál es el problema?

–Ésta es mi casa, Brant. Mi vida privada. Y tú no tienes por qué meterte en ella. No tienes ningún derecho a estar aquí ni a mandar a nadie para que instale nada. En realidad, ni siquiera es mi casa. Vivo de alquiler.

–Por favor, Kia, no es para tanto. Eres la prometida de Phillip y él quiere que estés segura.

–¿Phillip sabe lo de la alarma?

–Como ahora eres su prometida, yo lo sugerí y él estuvo de acuerdo. Es muy normal que un delincuente vuelva a intentar robar en la misma casa. Tenías que poner una alarma o mudarte.

–¿No me digas? ¿Y dónde debería irme?

–¿Qué tal a casa de tu prometido?

Kia tragó saliva.

–Phillip y yo no hemos hablado de eso todavía.

–Eso es lo que me dijo él.

–De todas formas, ni Phillip ni tú tenéis derecho a decirme lo que debo hacer o dejar de hacer en mi casa. Y en cuanto llegue pienso decírselo…

–Pues entonces vas a tener que esperar un rato. Porque no va a venir. Me ha pedido que te lleve a la exposición. Por lo visto, no se encuentra bien.

A Kia le dio un vuelco el estómago. No quería ir a la exposición con Brant. Maldito Phillip por ser tan egoísta… Estaba empezando a pensar que elegir la salida más fácil era una de las debilidades de su supuesto prometido.

–¿Por qué no me ha llamado para decírmelo?

–Me ha dicho que te ha llamado un par de veces, pero estabas comunicando.

–¡Porque estaban conectando la alarma! Bueno, da igual. Si Phillip no viene a la exposición, yo tampoco voy.

–Pero me ha dicho que uno de nuestros clientes lo invitó expresamente…

–Sí, bueno… pero no sería lo mismo sin él. Seguro que el cliente lo entenderá.

–Puede que él sí, pero yo no. Esto es parte

del trabajo, Kia. Míralo como un pago a cambio de la alarma.

–Quizá debería ir yo sola… en nombre de la empresa. No tienes que perder tu tiempo un sábado por la tarde.

–No es una pérdida de tiempo. A mí también me gusta el arte –sonrió Brant.

¿Podía pasar unas horas con él y sobrevivir?, se preguntó Kia. Por lo visto, no iba a tener alternativa. Pero después de saludar al cliente, saldría de la exposición en cuanto le fuera posible.

Una hora después, Brant y ella paseaban por la galería de arte comentando los cuadros. Brant se había mostrado encantador con el cliente, tanto que incluso Kia tuvo que sonreír varias veces.

Claro que siendo un famoso mujeriego lo lógico era que fuese simpático. Así era como ese tipo de hombre se llevaba a las mujeres a la cama. Y, a juzgar por las miradas de las mujeres con las que se cruzaban en la galería, Brant Matthews podía elegir. Sí, Brant sabía cómo seducir a una mujer. Pero no a ella.

–Me gusta este cuadro –dijo él entonces, deteniéndose frente a una tela–. Es muy evocador, ¿no te parece?

–Pues… sí, la verdad es que sí. De hecho, es uno de mis favoritos. Lo vi una vez en un libro de arte.

–Pero no esperabas que tuviéramos los mismos gustos, ¿verdad? –sonrió Brant–. Pues yo creo que tenemos más en común de lo que crees.

–Sí, a Phillip, por ejemplo.

–Ah, Phillip. Siempre lo tendremos en común, ¿no? Dime, ¿por qué es tu cuadro favorito?

–No lo sé, quizá porque personifica el espíritu de los pioneros. Parece decir que es posible saltar cualquier obstáculo…

–¿Te gustan los retos?

–Me gustan ciertos retos –contestó ella.

–A mí también. Si alguien me dice que no puedo hacer o tener algo, entonces es cuando más lo deseo.

Y la deseaba a ella. No había necesidad de decirlo en voz alta.

–Pues entonces será mejor que te acostumbres a la desilusión –replicó Kia, sabiendo que su instinto no la había engañado en absoluto.

Unas horas después estaban en una terraza cerca de la galería tomando un daikiri de fresa. Como se acercaba la Navidad había un ambiente de fiesta por las calles.

Pero a Brant le habría dado igual dónde o con quién estuvieran. Estaba concentrado exclusivamente en una persona: Kia.

Kia, tan guapa como siempre, con el pelo rubio sujeto en un moño y un vestido amarillo limón que dejaba al descubierto sus brazos y la larga curva de su cuello.

Pero había algo más en ella aquel día que aceleraba su pulso. Observándola hablar con otros en la galería de arte había visto cierta inocencia en sus ojos. Aunque «inocencia» era una palabra que nunca habría imaginado tener que utilizar para referirse a ella.

Además de la noche anterior y aquella tarde, nunca había estado a solas con Kia Benton. Y se le estaba subiendo a la cabeza. El estado de constante erección lo estaba matando.

Y ella lo sabía. Por eso no lo miraba directamente a los ojos.

Pero estaba engañándose a sí misma. Podría haber un muro de cemento entre los dos y la atracción seguiría allí. ¿Sabría ella que no había forma de pararla? No hasta que hiciesen el amor. Y Brant tenía la impresión de que eso sólo serviría para intensificarla.

–Háblame de tu padre –le dijo.

–¿Por qué?

Brant sonrió.

—¿Eres suspicaz con todo el mundo o sólo conmigo?

—Sólo contigo —contestó ella, con una sonrisa tan inesperada como su respuesta. Era preciosa, con sus altos pómulos, su nariz perfecta, unos ojos que podrían marear a un hombre con una sola mirada y una boca deliciosamente tentadora.

—No hay mucho que contar. Mi padre cree que es parte de eso que se llama «la gente guapa». No puede soportar estar con alguien que no lo sea. Es un frívolo.

—Pero tú eres su hija.

—La única razón por la que quiere estar a mi lado es porque cree que le hago quedar bien.

Brant lo pensó un momento.

—Espera… tu padre no será Lloyd Benton, ¿verdad?

Kia se puso tensa.

—El mismo.

Ahora lo entendía todo. Lloyd Benton era el propietario de la cadena de venta de coches usados más importante de Australia. Salía constantemente en las revistas con chicas mucho más jóvenes que él…

—¿Lloyd Benton es tu padre?

—No pienso disculparme por él —contestó Kia.

—No esperaba que lo hicieras.

Ahora entendía que sospechase de los hombres. Bueno, de algunos. Él mismo admitía que los hombres como él, que querían llevársela a la cama, sólo servían para confirmar sus sospechas de que todos eran iguales. De repente, empezaba a ver otra cara de aquella mujer... una cara que no sabía si quería ver.

—Desde luego, eso explica mucho sobre Phillip y tú.

—Si a lo que te refieres es a que quiero casarme con un hombre que no necesite cambiar de novia cada dos meses, entonces tienes razón. Phillip es una buena persona. Algún día será un buen marido y un buen padre.

—Pero no has dicho que estés enamorada de él —dijo Brant.

—No hace falta decirlo.

—¿No?

—No.

Quizá todo era una mentira. Quizá buscaba un marido rico para vengarse de su padre. O para demostrarle que había triunfado en la vida. A saber.

—¿Y tú? —le preguntó Kia entonces—. ¿Tus padres viven?

—No. Murieron cuando yo tenía dieciocho años.

—Ah, lo siento. ¿Tienes hermanos?

–Uno –contestó él, apretando los dientes–. Y, antes de que preguntes, tiene un par de años menos que yo –añadió, mirando el reloj–. Bueno, es hora de irnos.

–Ah, claro, supongo que tendrás una cita.

–Supones bien –dijo Brant.

No le contó que había quedado a cenar con sus dos mejores amigos, aunque a Flynn y a Damien les haría muchísima gracia saber que eran su «cita» esa noche.

Pero él no pensaba decírselo, claro. Los tres habían crecido juntos en la misma calle, compartiendo desde las historias de los primeros besos hasta el primer millón… pero Kia Benton era lo único que no pensaba compartir con sus amigos.

–¿Phillip Reid, cómo pudiste anunciar que estábamos prometidos? –le espetó Kia al día siguiente. Sabía que estaba deprimido, pero iba a decirle lo que pensaba de todas formas.

–¿Qué puedo decir? –intentó disculparse Phillip con cara de pena–. Lo siento.

–No me gusta que me utilicen.

–Yo no… no pensaba… no fue premeditado.

–Sí lo fue –lo interrumpió ella, tirando la caja que contenía el collar de diamantes sobre la mesa–. No intentes engañarme. Me diste esto porque sabías que Lynette estaría en la fiesta. Y luego le dijiste a todo el mundo que estábamos prometidos…

–Lo siento, de verdad. No quería llegar tan lejos.

–¿Y ayer qué? ¿Por qué no fuiste conmigo a la exposición?

–Lo siento, pero no me apetecía salir. ¿Brant no fue contigo?

–Sí, sí fue conmigo –suspiró Kia–. Pero habría preferido ir sola.

–¿Estás enfadada porque no fui o porque fue Brant?

Ella se puso tensa.

–La verdad, no es nada cómodo pasar la tarde con el jefe.

–Pero no te importa estar conmigo.

–Tú eres diferente.

–Mira, si hay algo entre Brant y tú…

De alguna forma, Kia consiguió esconder el pánico.

–No digas tonterías, Phillip. Y, por cierto, ¿qué pasa con la alarma? No recuerdo haberte dado permiso para instalar una alarma en mi casa.

–Es que, como se supone que eres mi prometida, me pareció lo más lógico decir que sí

–intentó defenderse él–. A Brant le habría parecido muy sospechoso que dijera que no...

–Prometidos o no, yo no soy una cría incapaz de cuidar de sí misma –protestó Kia, mostrándose mucho más valiente que la noche del robo–. Y si Brant cree que...

–O sea, que esto tiene que ver con Brant –la interrumpió Phillip.

–¿Quieres dejar de decir eso? No sé qué te pasa hoy.

Phillip movió su silla de ruedas hasta llegar a su lado.

–Te gusta, ¿verdad?

–¡Claro que no!

–Y yo lo he estropeado todo diciendo que estamos prometidos... En menudo lío te he metido.

–No me has metido en ningún lío y Brant Matthews no me gusta –insistió ella–. La cuestión es qué vamos a hacer con lo del compromiso.

–No lo sé.

–Esto no puede seguir así, Phillip.

–Lo sé, lo sé. Se supone que íbamos a ser una pareja durante la fiesta, nada más. Y mira la que he organizado... –Phillip se golpeó la escayola con la mano–. Pero es que conozco a Lynette. Se habría convencido a sí misma de que la necesitaba y luego me habría convencido a mí. No podía dejar que eso pasara, Kia. Ella se merece algo mejor que un tullido...

–No digas eso –lo interrumpió Kia–. Una leve cojera no te convierte en un tullido.

–Lo siento, disculpa. Es que hoy me doy pena –murmuró él, pasándose una mano por la cara.

–Mira, vamos a esperar hasta después de las navidades. Y luego diremos que la cosa no ha funcionado.

Los ojos de Phillip se iluminaron.

–Pero tú quedarás fatal. A nadie le interesarán los detalles, especialmente a la prensa. Sólo dirán que has roto el compromiso ahora que yo estaba pasando por un mal momento. Lo siento, Kia. No quería que todo esto pasara...

–No pasa nada –suspiró ella–. Seguiremos así hasta después de Navidad y después ya veremos. Mary me ha dicho que te vas a Queensland para estar con tu familia. Así tendremos tiempo de inventar alguna excusa que no nos haga quedar mal a ninguno de los dos.

–Buena idea.

De repente, Kia pensó que Brant no dejaría que nadie resolviera sus problemas. Brant se habría hecho cargo de la situación... en realidad, nunca se habría metido en aquel lío. Brant sólo confiaba en sí mismo. No necesitaba a nadie más.

Como ella.

—No dejes que te afecte, Kia.

—¿Quién?

—Brant.

—Por favor, no hay nada entre nosotros. Nada en absoluto.

¿Nada?, parecía preguntarle Phillip con los ojos. Pero Kia apartó la mirada. No pensaba decirle que lo que sospechaba era cierto.

La semana siguiente no fue fácil para Kia. No sólo tenía mucho trabajo en la oficina, sino que Brant parecía intuir que ocurría algo entre Phillip y ella... y tenía la impresión de que estaba a punto de lanzarse al ataque.

Una mañana, cuando pensaba que podía relajarse un poco, llamaron de la agencia de viajes justo cuando Brant entraba en su despacho. Querían comprobar si podían hacer algo para ayudar a Phillip durante su viaje a Queensland al día siguiente.

—No, gracias, creo que está todo controlado.

—¿Y cuando llegue a Brisbane? —insistió la mujer, al otro lado del hilo—. ¿Necesita transporte desde el aeropuerto?

–No, alguien irá a buscarlo. Pero gracias por todo.

–De nada. Si ocurre algo, no dude en llamarnos.

–Lo haré –Kia colgó y levantó la mirada–. ¿Quería algo, señor Matthews?

–¿Piensas seguir llamándome señor Matthews durante los próximos veinte años?

–¿Quién sabe dónde estaremos para entonces?

–Tú estarás casada con Phillip, por supuesto.

Kia apartó la mirada.

–Sí, claro.

–¿Quién ha llamado por teléfono?

–Oh, no era nada importante.

–Era la agencia de viajes, ¿verdad?

–Sí.

–¿No vas a ir con Phillip a Queensland?

–No.

–¿Vas a ir en otro vuelo?

–Sí, pero a Adelaida –contestó Kia–. Voy a pasar las navidades con mi familia.

Brant se inclinó sobre el escritorio.

–¿No vas a pasar las navidades con tu prometido?

–No, este año no.

–¿Por qué?

–¿Cómo que por qué?

—Lo normal es que dos personas que están prometidas pasen las navidades juntas.

—Nosotros no somos una pareja normal —contestó Kia, que lamentó haber dicho eso de inmediato—. Es que yo había hecho otros planes...

—Pensé que no querías separarte de él.

—¿Por qué no iba a querer separarme? Yo confío en Phillip.

—¿Y confías en Lynette Kelly?

—Lynette y Phillip ya no están juntos —contestó Kia, dándole un sobre—. Creo que esto es suyo, señor Matthews.

—Kia, te juro que si vuelves a llamarme señor Matthews una vez más... —empezó a decir Brant, abriendo el sobre—. ¿Qué es esto?

—Un cheque... por el sistema de alarma.

—No, de eso nada. Ya lo pagaste yendo conmigo a la exposición.

—Lo siento, pero yo no lo veo así. Ni siquiera como prometida de Phillip.

—Mi oferta no es negociable —dijo Brant entonces, rompiendo el cheque por la mitad.

Ella se levantó para tomar su bolso.

—Muy bien. Firmaré otro cheque y se lo daré a Phillip.

—No hace falta que te pongas dramática...

—Señor Matthews, si cree que puede usted hacer lo que le venga en gana...

Cuando iba a sacar el talonario del bolso, Brant sujetó su brazo.

—Mira, si hiciera lo que quiero hacer…

—¿Todo bien por aquí?

Kia levantó la mirada al oír la voz de Phillip en la puerta del despacho.

—Sí, todo bien. Estaba recordándole al señor Matthews que mañana te vas a Queensland.

—Brant, me llamo Brant —dijo él, antes de salir del despacho.

Phillip levantó las cejas.

—¿Seguro que no quieres venir conmigo mañana? Puede que sea más seguro.

Kia negó con la cabeza. No había ningún sitio en la tierra que fuera seguro para ella. Ningún estado, ni siquiera otro país. No, tendría que pulir su armadura y rezar para que Brant tuviera mejores cosas que hacer en Navidad.

Y si creía eso, quizá Santa Claus existía de verdad.

Capítulo Cinco

Kia acompañó a Phillip al aeropuerto a la mañana siguiente y luego volvió a la oficina para dejarlo todo ordenado antes de salir a hacer las últimas compras de Navidad. Pero encontró a Brant en el despacho de Phillip, mirando unos papeles.

—Ah, has vuelto —le dijo, como si supiera que había vuelto para él.

Y, de repente, Kia supo que era así. A pesar de la atracción que no quería sentir por aquel hombre, la sentía. Su armadura era de papel cebolla.

—Sí —murmuró, deseando que la tomase entre sus brazos, que le hiciera el amor allí mismo.

Pasaron unos segundos y Kia vio en el rostro del hombre la lucha que se libraba en su interior. Pero Brant se aclaró la garganta.

—¿El avión ha salido a su hora?

—Sí, todo bien.

Phillip, su supuesto prometido, acababa de irse de viaje y ella estaba dispuesta a meterse en la cama con Brant. ¿Por qué? ¿Qué tenía aquel hombre?

–¿Necesitas algo?

–Estaba buscando el archivo de la cuenta Robertson. Se supone que Phillip estaba trabajando en ese tema.

–Y lo ha hecho, pero tengo que pasar unas notas al ordenador. Dame una hora y lo tendré terminado.

–Muy bien, de acuerdo.

Una hora después, Kia llevó los documentos al despacho de Brant, decidida a dejárselos a su secretaria, pero Evelyn no estaba por ninguna parte. Y Brant debió oírla porque le dijo que entrase.

Ella tragó saliva. No quería entrar allí. No quería estar a solas con él.

–¿Kia?

–¿Cómo sabías que era yo?

Brant la miró con una sonrisa en los labios, como diciendo que siempre sabía cuándo era ella.

–Dame esos documentos –murmuró, dejando el bolígrafo sobre la mesa y echándose hacia atrás en el sillón, como si ella fuera a hacerle un numerito.

Kia vaciló. Le temblaban las piernas. Mientras se dirigía hacia el escritorio, sentía la mirada de Brant clavada en su falda azul y su blusa blanca. Podía verlo desnudándola mentalmente, pieza a pieza.

Ojalá no se hubiera quitado la chaqueta antes de entrar en el despacho. Al menos así no sentiría la necesidad de cubrirse los pechos con los brazos.

—Me voy. Tengo que hacer unas compras.

—¿Cuándo te marchas a Adelaida?

—Mañana por la mañana.

—Echarás de menos a Phillip, sin duda.

—Naturalmente. Pero estaré muy ocupada. Mi madre organiza una fiesta enorme el día de Navidad y hay que preparar muchas cosas. ¿Y tú? ¿Qué planes tienes para Navidad, Brant?

—Ah, veo que recuerdas mi nombre —sonrió él, echándose hacia delante—. Un amigo me ha invitado a comer en su casa el día de Navidad, pero no sé si iré. Tengo mucho trabajo.

—¿Y tu hermano? —preguntó Kia.

—¿Qué pasa con mi hermano? —le espetó Brant, con inusitada brusquedad.

Ella lo miró, sorprendida.

—No, sólo quería decir…

—Mira, no quiero saber nada de mi hermano. Ni siquiera me gusta hablar de él.

–Ah, ya.

Kia no sabía qué decir. Su reacción había sido tan violenta...

–Por cierto, tengo un regalo de Navidad para ti.

–¿Un regalo?

Brant abrió un cajón del que sacó un paquetito.

–También le he dado otro a Evelyn, no te preocupes. No puedo dejar que las dos mejores ayudantes de la ciudad crean que no se las aprecia.

Kia decidió aceptar el regalo. Phillip también le había hecho uno a Evelyn, de modo que no había nada malo en aceptar uno de Brant.

Pero cuando lo miró a los ojos, supo que sí había algo malo. No era un regalo para darle las gracias por su trabajo, sino porque la deseaba. Era un hombre que deseaba a una mujer y aquélla era su manera de decírselo.

Le temblaban las manos mientras rasgaba el papel. Dentro había una cajita con el emblema de una conocida joyería y Kia contuvo el aliento al ver la medalla de oro.

–No es un collar de diamantes –dijo Brant, irónico–. Pero debería servirte durante el viaje.

–Es una medalla de San Cristóbal –murmuró ella, emocionada–. Gracias. Es preciosa. Me la pondré antes de subir al avión.

–Espera, deja que lo haga yo.

Kia contuvo el aliento. ¿Podría soportar que la tocase? Cómo lo deseaba... Aunque no debería.

–Gracias –murmuró, casi sin voz.

Brant se levantó y le quitó la medalla de la mano.

–Date la vuelta.

Kia lo hizo y, por un momento, su corazón se detuvo. Podía sentirlo detrás de ella, mirándola, su cálido aliento en la nunca...

«Por el amor de Dios, contrólate».

–Feliz Navidad, Kia –dijo Brant después, con voz ronca, tomándola por los hombros para darle la vuelta.

Ella levantó la cara. Tenía que hacerlo. Podría haber una avalancha en aquel mismo instante y ni eso impediría que lo besara...

Los labios de Brant rozaron los suyos brevemente. Tan brevemente que casi no fue un beso. Pero cada poro de su piel le pedía más. Mucho más.

Brant dio un paso hacia atrás y se miraron, en silencio. Kia tragó saliva al ver el deseo que había en sus ojos... y la lucha que mantenía consigo mismo.

–Feliz Navidad, Brant –consiguió decir.

Él apretó los dientes mientras volvía a su escritorio.

–Espero que consigas todo lo que quieres.

Si había algún momento en el que no hubiera conseguido lo que quería, era aquél.

Kia se dio la vuelta y prácticamente corrió hacia la puerta.

–Que pases unas felices navidades, Kia… incluso sin tu prometido.

Ella se detuvo un momento. Su mirada se había vuelto dura, tan dura como siempre. Estaban como al principio. Mejor.

–Pienso hacerlo –le dijo, con frialdad.

Normalmente, a Kia le encantaba pasar las navidades con su familia. Por la casa pasaban los amigos y los vecinos de toda la vida, de modo que el ambiente era muy festivo. Su hermana, Melanie, fue a comer con su marido y su hijo el día de Navidad y se intercambiaron los regalos bajo el árbol. Y su madre, como todos los años, hizo un pastel de nueces para chuparse los dedos. Todo muy normal, muy hogareño.

Entonces, ¿por qué le parecía que faltaba algo aquel año? Se sentía inquieta, rara. Como si tuviera que estar en otro sitio.

El día después de Navidad, mientras jugaba con su sobrino de seis meses en el jardín, Kia levantó la mirada y se quedó inmóvil. Y, de repente, supo qué le faltaba: Brant.

Brant, que estaba allí, en la puerta de su casa, observándola.

—¿Quién es? —preguntó su madre.

Y, de repente, Kia se dio cuenta de que estaba allí de verdad, que no era su imaginación. Brant Matthews estaba allí.

—No pasa nada, mamá. Es uno de mis jefes. Vuelvo enseguida.

Iba corriendo hacia él cuando se le ocurrió que debía haber ocurrido algo muy grave. Algo terrible.

—¿Es Phillip?

—No, tranquila. Phillip está bien.

—Entonces, ¿qué haces aquí?

Tenía que ser algo muy importante para recorrer tres mil kilómetros en plenas vacaciones de Navidad.

—Tenemos que reorganizar la presentación del proyecto Anderson. Phillip debía tener un mal día cuando se reunió con ellos porque entendió mal todas las instrucciones. Si no les presentamos otra opción para el jueves por la mañana, perderemos esa cuenta.

Kia recordó que se había sentido un poco

incómoda con ese proyecto en particular. Incluso le comentó algo a Phillip, pero él no le hizo caso.

—¿Tenemos? —repitió Kia.

—Hay muchísimo trabajo que hacer y necesito una ayudante.

—¿Y Evelyn?

—¿Recuerdas la medalla de San Cristóbal que os regalé a las dos? Pues no ha funcionado —contestó Brant—. Evelyn tiene gastroenteritis y no podrá volver a la oficina en una semana.

—Pobre Evelyn —murmuró Kia.

Pero, ¿por qué tenía la impresión de que Brant estaba encantado? No porque Evelyn estuviera enferma sino porque ella tendría que ser la sustituta.

Probablemente le gustaba arruinarle las fiestas a los demás.

—¿Por qué no contratas a una secretaria temporal?

—Este proyecto es demasiado importante, Kia. La empresa sobreviviría si perdiéramos a este cliente, pero Phillip... ¿qué crees que sentiría si perdiéramos la cuenta por su culpa? No es el mejor momento para eso.

—No, claro.

—Tenemos que volver a Darwin ahora mismo. Tengo un jet esperando en el aeropuerto...

—¿Ahora mismo?

—Te pagaré el triple, por supuesto.

Ella hizo un gesto con la mano.

—No me importa el dinero.

—Pues entonces, míralo como una forma de pagar la maldita alarma de tu casa.

—¿No habíamos quedado en que eso estaba ya pagado? —le recordó Kia—. ¿O ésta es una de esas deudas de las que uno paga intereses durante toda la vida?

Brant sonrió.

—Es posible.

—Kia, cariño —la llamó su madre entonces—. ¿Por qué no invitas a tu jefe a entrar?

—Por favor, no digas nada sobre Phillip —murmuró ella.

—¿Qué?

—Que mi familia no sabe nada sobre él.

Brant la miró, sorprendido, pero enseguida se volvió hacia su madre.

—Ahora entiendo que Kia sea tan guapa —le dijo, tan seductor como siempre.

Ella puso los ojos en blanco, pero debía admitir que su padre jamás se habría casado con su madre si no hubiera sido una mujer bellísima. Además, era una mujer encantadora.

—Gracias, señor...

—Brant Matthews.

—Gracias, señor Matthews.

Él miró a Kia, como diciendo «de tal palo tal astilla» y luego se volvió hacia su madre.

—Llámeme Brant, por favor.

Marlene asintió con la cabeza.

—Muy bien, Brant. Yo me llamo Marlene. Ven, voy a presentarte al resto de la familia. Por cierto, ¿has comido?

—Sí, muchas gracias.

—Entonces, toma una copita. Después de todo, es Navidad —sonrió Marlene—. La verdad es que nos preocupa mucho Kia, tan sola en Darwin.

Brant sonrió.

—No deberías preocuparte. Estamos todos pendientes de ella.

El corazón de Kia dio un vuelco. Sabía que había un significado oculto en esa frase.

—Ah, cuánto me alegra oír eso. Brant, te presento a mi marido, Gerald. Y ésta es la hermana de Kia, Melanie. Y su marido…

Kia apretó los dientes al ver cómo las mujeres de su familia caían rendidas ante el encanto de Brant. Al principio, los hombres no parecían tan impresionados, pero pronto los tuvo comiendo en la palma de su mano. ¿Aquel hombre no tenía límites?

—Bueno, ¿y has venido a ver a Kia? —preguntó su padrastro.

–No, es que tenemos un problema grave en la oficina y necesito su ayuda. No puedo hacerlo sin ella. Créeme, no se lo pediría si no fuera de extrema importancia.

–No, claro que no –asintió su madre–. Cariño, ¿sigues con tus estudios?

–¿Qué estudios? –preguntó Brant.

–Estoy estudiando chino.

–Y se le da muy bien, además. Y también habla francés e italiano.

Él la miró, sorprendido.

–A veces eres un misterio –le dijo–. Bueno, deberíamos irnos.

–Sí, voy a buscar mis cosas –asintió Kia.

No le importaba trabajar horas extra si era por el bien de la empresa. Pero cuando pensó que estaría a solas con Brant en la oficina… Kia tuvo que hacer un esfuerzo para olvidarse de la emoción que le producía. Y no precisamente el reto del proyecto sino el propio Brant. No, aquello iba a ser un gran sacrificio.

Le temblaban las manos mientras se quitaba los vaqueros y se ponía un vestido discreto, apropiado para el viaje y para ir a la oficina. Luego, unas sandalias de tacón que destacaban sus largas y bronceadas piernas. Un ligero toque de colorete y estaba lista para la batalla. Para Brant.

***

—Quizá podrías explicarme una cosa —le dijo él, una vez sentados en el lujoso jet que los llevaría a Darwin.

—¿Qué?

—¿Por qué no le has hablado de Phillip a tu familia?

—Ah, eso —murmuró Kia.

—Sí, eso.

—Es que quiero estar segura del todo.

—¿No estás segura?

—Sí, claro que sí. Pero todo ha ocurrido tan rápido… no quiero que mi familia se preocupe innecesariamente.

—Dime una cosa. ¿Estás enamorada de Phillip?

Si dudaba, estaba perdida.

—Sí.

Brant apretó los dientes.

—¿Y cuándo piensas contárselo a tu familia?

—Cuando llegue el momento. Gracias por no decir nada. Habría sido muy… incómodo.

No le gustaba mentir, pero ¿qué otra cosa podía hacer? Si decía la verdad, Brant intentaría seducirla. No, no tendría que intentarlo, la seduciría. Ella sería como masilla entre sus expertas manos. Y disfrutaría, seguro. Pero sería sólo un momento y eso no era suficiente. Ella necesitaba de un hombre algo más que un revolcón.

Además, lo hacía por Phillip. Sólo esperaba poder sobrevivir hasta que él volviera a la oficina.

—Seguro que se alegrarán por ti —dijo Brant entonces—. Phillip es un partidazo.

—Sí —se limitó a murmurar Kia. No quería decir nada más sobre el cínico comentario.

Cuando iba a apartar la mirada se fijó en algo, un brillo de tristeza en sus ojos. ¿Habría alguna razón más que el trabajo para que hubiera ido a buscarla? ¿Se sentiría solo a pesar de que un amigo lo había invitado a comer el día de Navidad?

—¿Lo has pasado bien en Navidad, Brant?

—¿Por qué?

—No, por saberlo.

—Sí, he estado… ocupado.

Ella hizo una mueca.

—Ya veo.

Brant Matthews era un mujeriego, de modo que habría estado con alguna mujer. Era igual que su padre.

***

A las nueve de la noche Brant decidió que habían trabajado suficiente. Agotado, se echó hacia atrás en el sillón y flexionó los dedos. Podía oír el clic-clic del teclado en el otro despacho y supo que, por muy cansado que estuviera, seguiría deseando a Kia Benton.

Aquel día, cuando la había pillado de improviso en casa de su madre, se le encogió el estómago al verla con unos vaqueros que se ajustaban a su trasero y una sencilla camiseta... Tenía un aspecto tan diferente, tan relajado. Parecía incluso más joven.

Y cuando la había visto con el niño en brazos... fue como ver el futuro.

Su futuro y el de Kia.

Por primera vez desde Julia, Brant se imaginó teniendo algo más que una relación física con una mujer. Pero ni siquiera Julia había conseguido despertar en él lo que había despertado Kia.

«Aunque ella sólo busca una cosa».

Aquella mujer necesitaba dinero como necesitaba el aire para respirar. Cuando le dijo que estaba enamorada de Phillip no la creyó, pero aunque sintiera la tentación de olvidar eso, sólo tenía que recordar que si ella mentía, la cámara no. La sonrisa de satisfacción que tenía en aquella foto de la revista lo decía todo: Kia Benton había atrapado a su hombre.

¿Cómo podía pensar tanto en ella?, se preguntó. Todo era culpa de las malditas navidades. Despertaban demasiados recuerdos de cuando era pequeño.

Aunque él no podía quejarse de su infancia. Sus padres habían sido estupendos, prácticamente adoptando a los otros niños de la calle. Muchas veces Flynn se había refugiado allí cuando su padre llegaba borracho a casa. Y los padres de Damien eran demasiado fríos, demasiado distantes. Brant sabía que, de no haber sido por el afecto de Barbara y Jack Matthews, sus dos amigos no habrían llegado a ser hombres de provecho. Y eso los había unido para siempre.

Como hermanos.

Brant apretó los labios. Al contrario que su hermano de sangre, que le había robado a su novia.

Brant se levantó, intentando olvidarse de Royce. Por un minuto, se quedó mirando los dedos de Kia volando sobre el teclado para solucionar el desaguisado que había ocasionado Phillip. No sabía en qué habría estado pensando su socio para meter la pata de esa forma.

—Tú lo sabías, ¿verdad?

—¿Qué?

—Tú sabías que la presentación estaba llena de errores.

Kia parpadeó, sorprendida. Pero, por fin, asintió con la cabeza.

–Tuve una idea que le mencioné a Phillip, pero él pensaba que tenía razón, así que… en fin, él es el jefe.

–Y yo también. Deberías haber acudido a mí.

–¿Para decirte qué? ¿Que mi jefe estaba cometiendo un error porque no puede concentrarse en el trabajo? Phillip no puede soportar la idea de ser un tullido durante el resto de su vida…

–Admiro tu lealtad, Kia, pero la próxima vez ahórranos a todos un susto y cuéntamelo. Yo no le diré nada a Phillip, no te preocupes. Pero si no puede hacer bien su trabajo, tendremos que buscar ayuda.

Kia dejó escapar un suspiro.

–Sí, tienes razón.

Brant iba a decirle que Phillip se había equivocado otras veces, pero entonces recordó con quién estaba hablando.

–Bueno, creo que hemos trabajado suficiente por una noche. ¿Quieres cenar algo antes de irte a casa?

De repente, no quería volver a la suya. Nadie lo esperaba allí. Y, sin duda, pondrían películas navideñas en televisión…

–No, gracias. La pizza ha sido más que suficiente.

–Pero comimos hace dos horas.

Kia levantó la mirada.

–Sigo llena. Mi madre hace unas comidas de Navidad que son un escándalo.

Había un brillo muy cálido en sus ojos cada vez que hablaba de su familia. Un brillo que no se correspondía con la fría y manipuladora mujer que él sabía que era.

Brant la miró durante unos segundos y luego se dio la vuelta. Seguramente hasta los peores criminales tenían sus virtudes.

Capítulo Seis

Al día siguiente a Kia le habría encantado concentrarse en la tarea que tenía por delante pero, con todo el mundo de vacaciones y a solas con Brant en la oficina, apenas podía respirar. Ésa era la razón por la que insistió en trabajar en su propio despacho, alejada de él. Alejada de la tentación.

–Llévame las siguientes veinte páginas en cuanto las termines –le pidió Brant, el brillo de sus ojos diciéndole que ni siquiera un proyecto crucial podía sobrepasar la atracción que sentía por ella.

–Sí, señor –contestó Kia, burlona. Estaba deseando terminar con las veinte páginas para tirárselas a la cara.

Y eso fue exactamente lo que hizo, en la mitad del tiempo que habría necesitado en otras circunstancias. Pero, para su asombro, cuando entró en el despacho descubrió que estaba vacío. Kia suspiró, decepcionada. Qué desconsiderado. Lo lógico habría sido que le dijera que iba a salir.

Después de dejar los papeles en el centro del escritorio, se volvió. Pero dio un salto al ver una figura en la puerta. Por un segundo pensó que era Brant, pero enseguida se dio cuenta de que era… Lynette Kelly.

–Lynette, ¿qué haces aquí?

La joven se puso colorada.

–Perdona, no quería asustarte.

–¿Puedo ayudarte en algo?

–Pues… es que quería ver a Phillip. Lo he llamado a casa, pero no contesta y pensé que estaría en la oficina.

–No, lo siento. No esta aquí… Se ha ido a Queensland a pasar las navidades con su familia.

–¿Sin ti?

–Yo tuve que quedarme –Kia señaló los papeles–. Para trabajar.

–Ah, entonces será mejor que me vaya –murmuró Lynette. Pero antes de salir del despacho se volvió–. Oye, ¿de verdad quieres a Phillip? Necesito saberlo.

Había tal angustia en sus ojos que Kia se compadeció.

–Pues…

–Kia, él me necesita. Sé que me necesita. Yo

lo quiero con todo mi corazón y me estoy tragando el orgullo delante de ti... Te suplico que me digas la verdad.

Kia no podía soportar verla sufrir. No era justo ni sano mentirle a aquella mujer.

—No, Lynette. No estoy enamorada de Phillip.

—Gracias a Dios —murmuró ella, parpadeando para contener las lágrimas—. Pero entonces, ¿por qué os habéis prometido?

Kia le contó la verdad y le explicó cómo una cosa había llevado a otra...

—Siento mucho haberte hecho daño. Yo sólo intentaba ayudar a Phillip.

—¿Tú crees... crees que me sigue queriendo?

—Estoy segura.

Los ojos de Lynette se llenaron de esperanza.

—Tengo que ir con él.

Kia asintió. Bajo la apariencia frágil de Lynette intuía una mujer de carácter. Y eso era lo que Phillip necesitaba.

—Si se pone difícil, dile de mi parte que es un tonto.

Lynette la abrazó.

—Espero que tú también encuentres a alguien pronto.

—No sé si quiero encontrarlo —sonrió Kia. La

única persona que la interesaba, o al menos que la afectaba de extraña forma, era Brant Matthews. Y él… en fin, no había mucho más que decir.

Lynette salió del despacho tan feliz que parecía como si flotara. Y Kia sonrió, aliviada. Al fin había podido contarle la verdad a alguien. Pero entonces sintió que el vello de su nuca se erizaba. Incluso antes de volverse hacia la puerta que conectaba con la sala de juntas supo que Brant estaba allí.

Y allí estaba. Un miedo como no había sentido nunca se apoderó de ella entonces. Un miedo primitivo, sexual. Sólo tuvo que ver la furia que había en sus ojos para darse cuenta de que lo había oído todo.

–Ah, Brant, no sabía que estuvieras ahí…

–Vaya, veo que hasta las buscavidas tienen conciencia –replicó él, apoyándose en el quicio de la puerta, tan tranquilo como un cocodrilo a punto de atacar a su presa.

–¿Buscavidas? ¿Estás hablando de mí?

–Una pena, cariño. Te has perdido un partidazo, pero seguro que puedes encontrar otro.

–¿Qué?

–Vi tu fotografía en la revista. Incluso el periodista se dio cuenta de que le habías clavado tus garras a Phillip. De hecho, comentaba que habías enganchado a uno de los solteros más ricos de Australia.

—Ese periodista, y uso esa palabra siendo muy generosa, está furioso conmigo porque me negué a salir con él —replicó Kia—. Sólo estaba intentando hacerme quedar mal.

Se había puesto enferma cuando vio la foto y el comentario.

—¿Ah, sí? Aunque eso fuera verdad, un día te oí hablando por teléfono. Y mis oídos no me engañan.

—No sé a qué te refieres.

—Cuando volví de París te oí hablando por teléfono con alguien. Estabas diciendo que era tan fácil enamorarse de un hombre rico como de uno pobre. Por supuesto, ya te habías convertido en la sombra de Phillip y, unos días después, estabas prometida con él.

Kia intentó recordar...

—Estaba hablando con Gerald, mi padrastro. Es una broma entre nosotros. Él siempre me dice que tengo que encontrar un hombre rico... ¿es por eso por lo que te has portado como un ogro conmigo desde el principio? —le espetó, atónita—. ¿Pensabas que iba a casarme con Phillip por su dinero?

—Desde luego, aceptaste el collar de diamantes que te regaló.

—No me regaló nada —replicó Kia, furiosa—. Me pidió que me pusiera el collar para la fiesta y se lo devolví al día siguiente. Pregúntaselo si no me crees.

—¿Y el Porsche?

—Me lo regaló mi padre. Tiene un negocio de coches, no sé si te acuerdas. Y le gusta que sus Barbies tengan accesorios.

—Si tanto te disgusta tu padre, ¿por qué has aceptado el coche?

—Aunque esto no sea asunto tuyo en absoluto, me lo ofreció y pensé, ¿por qué no? Mi padre me debe mucho, te lo aseguro. Si quiere regalarme un Porsche, estupendo. No hay nada malo en eso.

—Aunque todo eso sea verdad, es evidente que se te da bien engañar a la gente. Has estado viviendo una mentira…

—No porque yo haya querido. Lo he hecho por Phillip.

—Y por ti misma. Tú lo has utilizado tanto como él te ha utilizado a ti.

Kia irguió la cabeza. ¿Cómo podía ser tan arrogante?

—¿Por qué iba a hacer eso?

—Para apartarte de mí.

—¿De ti? No hay nada entre nosotros.

Brant dio un paso hacia ella.

—Estás mintiendo otra vez, Kia —le dijo, antes de cerrar la puerta del despacho.

—¿Qué haces?

—¿Qué crees que estoy haciendo?

—No sé a qué juegas, pero...

—Esto no es un juego, Kia. Todo lo contrario.

—Brant, esto es ridículo. Tú eres mi jefe y...

—Y estoy a punto de besarte —la interrumpió Brant, deteniéndose frente a ella. No la tocaba. Sencillamente se quedó allí, mirándola. Y lo que Kia vio la derritió por dentro. Seguía enfadado, pero la deseaba. Cómo la deseaba.

—Brant, yo...

—Estoy tan enfadado contigo ahora mismo que o suelto una palabrota o te doy un beso.

Ella intentó dar un paso atrás, pero Brant la sujetó del brazo.

—Y luego voy a quitarte la ropa y a saborearte entera.

Kia sintió que la habitación daba vueltas.

—No creo que sea buena idea.

—He esperado demasiado tiempo.

Un escalofrío de anticipación la recorrió mientras lo veía inclinar la cabeza... veía acercarse esos labios... y cuando la tocó ya no podía negarse a sí misma lo que iba a pasar. Desde que se conocieron, todo había conducido a aquel momento. Desde que lo vio por primera vez en aquel despacho, nada había importado más que el deseo de sentir esos labios apretando los suyos… como estaba haciendo en aquel momento.

Por fin.

Aun así, el beso la pilló por sorpresa. Esperaba que la besara con pasión desatada, que la tumbase sobre la alfombra, pero no lo hizo. La besaba con pasión, pero también con dulzura, explorando su boca con una lengua que parecía de terciopelo. Kia le echó los brazos al cuello y sujetó su cabeza con una mano para que no se moviera. Le gustaba tanto estar así. Le gustaba tanto estar con él.

Levantando la cabeza, Brant la miró a los ojos tan profundamente que, de repente, Kia pensó que podía ver a la Kia real. No a la que se mostraba cara a los demás, sino a la mujer que no sabía cómo iba a lidiar con aquel hombre.

—¿Qué ocurre? —preguntó.

—Nada —contestó ella, bajando la mirada. No quería que viera sus ojos, no quería que leyera sus pensamientos. Necesitaba guardarse algo para sí misma.

Y entonces él levantó su barbilla con un dedo para mirarla a los ojos.

—No voy a dejar que me escondas nada.

—¿No vas a dejarme? –repitió Kia.

—No –contestó él, alargando una mano para desabrochar los botones de su vestido. Y, de repente, Kia no tenía fuerzas para discutir. Se quedó allí, dejando que la desnudara. Quería que lo hiciera. Quería sentir las manos masculinas sobre su piel. Quería entregarse a él.

Brant desabrochaba los botones con dedos expertos, abriendo el vestido, dejándola expuesta. Para él.

Kia podía ver el pulso en su cuello latiendo salvajemente y habría deseado alargar la mano para tocarlo. Pero tocarlo sería como echar una cerilla en un charco de queroseno.

Brant abrió el vestido y lo deslizó por sus hombros, dejando que cayera sobre la alfombra. Kia lo oyó gemir cuando se quedó con un sujetador de encaje a juego con las braguitas, sin medias y con sandalias de tacón alto.

Nada iba a detener a aquel hombre y ella no quería que se detuviera.

—Me gusta el color melocotón. Te queda muy bien –dijo Brant con voz ronca.

—Tócame –murmuró Kia.

Y, de repente, Brant la tomó en brazos y la depositó sobre el escritorio de caoba después de apartar los papeles con una mano. Le dio un vuelco el corazón cuando se quedó parado, mirándola.

—He fantaseado durante semanas con hacer esto –murmuró, enredando los dedos en su pelo–. Y con esto –añadió, enterrando la cara en su cuello.

Kia se quedó inmóvil, respirando el aroma de su colonia y el olor de su piel… hasta que empezó a besarla en el cuello, en la barbilla y, por fin, de nuevo, en la boca.

Luego se apartó un poco.

—Espera, déjame –murmuró, bajando las tiras del sujetador.

Kia tembló al sentir las manos del hombre rozando su espalda. El sujetador desapareció y, de repente, estaba desnuda de cintura para arriba. Quería esconderse, pero no de él sino de sí misma. No sabía si podía dejarse ir de esa forma…

—Preciosa –murmuró Brant, acariciando sus pechos hasta que Kia tuvo que cerrar los ojos.

Luego inclinó la cabeza para buscar uno de sus pezones con la boca y ella dejó escapar un gemido de placer.

—Brant…

Él se apartó, pero sólo para besar su estómago, su ombligo… antes de detenerse en el interior de sus muslos. Inhaló profundamente a través del delgado encaje de las braguitas y Kia estuvo a punto de disolverse. Nunca había hecho algo así. Nunca había dejado que un hombre le hiciera algo así. Había estado con un chico en el instituto… y nada más.

Brant apartó a un lado las braguitas.

—Tengo que probarte —musitó, sus dedos buscándola, abriéndola para él. Puso la boca allí y ella murmuró su nombre cuando la rozó con la lengua, explorándola, trazando su forma, acariciando el capullo escondido entre los rizos hasta que sintió que estaba a punto de explotar.

—Oh, Brant… —murmuró Kia de nuevo, cerrando los ojos cuando algo empezó a crecer dentro de ella, como la lava de un volcán. El roce de su lengua era tan exquisito, tan placentero… que explotó. Era como un incendio que lo quemase todo. Nunca volvería a ser la misma, nunca olvidaría lo que era que aquel hombre la tocase de esa forma.

Cuando abrió los ojos, Brant estaba sentado en el sillón, observándola con expresión posesiva. Kia quería apartar la mirada, pero no era capaz. Sentía demasiado anhelo, demasiado deseo. Se habían ganado aquel momento.

—Venga, vamos a vestirte —dijo Brant bruscamente, cerrando sus piernas.

—¿No vamos a…?

—¿A hacer el amor? No, aún no —contestó él, ayudándola a bajar del escritorio—. En mi casa. A las siete.

—¿Esta noche?

—Sí —respondió Brant, acariciando sus labios con un dedo—. No puedo esperar más. Y no puedo hacerte todo lo que quiero en mi despacho.

Kia tragó saliva, asustada de repente por la magnitud de lo que estaban haciendo. Brant la abrumaba. La hacía sentir cosas que no debería sentir. La hacía hacer cosas que sí quería hacer.

—No, no puedo.

—He puesto mi sello en ti, Kia. No puedes negarlo.

—Brant, esto ha sido sólo… no sé, no sé lo que ha sido. Una locura.

—Un preludio. Estabas lista para cualquier cosa hace un minuto —le recordó Brant.

—Sí, bueno… eso fue antes.

—Deberíamos haber sido amantes desde hace semanas.

—Aunque no hubieras pensado que estaba con Phillip, eso no significa…

—No tengas la menor duda, Kia. Habríamos sido amantes. Te engañas a ti misma si piensas otra cosa.

Para demostrárselo, Brant tiró de ella, aplastándola contra su torso. Y tenía razón. Como si tuviera mente propia, su cuerpo se pegaba al de él, como si estuviera hecho para él. Afortunadamente, Brant la soltó enseguida.

Intentando mantener la compostura, Kia se vistió a toda prisa. Pero Brant seguía mirándola, observando cada movimiento, y ella no podía dejar de temblar.

—Kia...

Ella abrochó el último botón del vestido antes de mirarlo. El hambre que había en sus ojos la hizo temblar.

—Te lo debes a ti misma —le dijo Brant, como un reto.

Kia volvió a su despacho con las piernas temblorosas y se dejó caer sobre el sillón. No podía creer lo que había pasado. ¿De verdad había hecho... aquello? Ningún hombre le había hecho el amor con la boca, aunque sabía que era un aspecto de las relaciones sexuales que la mayoría de las parejas disfrutaban. Y ahora entendía por qué.

Lo que no había esperado era deshacerse entre los brazos de Brant de esa manera. ¿No tenía autocontrol? ¿Se había perdido el respeto a sí misma? Sabía que era un reto para él, que sólo deseaba su cuerpo, y se había ofrecido a sí misma en bandeja de plata.

O en un escritorio, que era lo mismo. ¿Cómo iba a mirarlo a los ojos ahora?, se preguntó. De repente, supo que tenía que salir de allí.

Kia tomó su bolso y se dirigió a la puerta. Si se quedaba a solas con Brant, él podía sentir la tentación de retomar lo que habían dejado a medias y no esperar a la noche.

Esa noche.

«Te lo debes a ti misma», le había dicho.

Tenía razón, pero ¿cómo iba a ir a su casa si Brant pensaba que era una buscavidas? Lo había pensado desde el principio. Una mercenaria que usaba a los hombres para su propio beneficio.

Entonces, ¿por qué se le encogía el corazón ante la idea de no hacer el amor con él?

Brant tiró el lápiz sobre el escritorio. Tenía que terminar aquellos informes, pero no dejaba de pensar en Kia. ¿Podía aceptar que no era una buscavidas? Sus respuestas tenían sentido, pero ¿no era eso en lo que eran expertos los estafadores? Te convencían para que creyeras cualquier cosa.

Y todas esas semanas viviendo una mentira… fingiendo una relación con Phillip que no había existido nunca. Incluso se fingió su prometida. Una mentirosa, como Julia. Hasta que lo dejó por su propio hermano.

Pensó que había oído mal cuando le dijo a Lynette que no amaba a Phillip… ¿Sería verdad? A él le había mentido. Le había preguntado directamente si estaba enamorada de Phillip y ella había contestado que sí. ¿Por qué? Porque sabía que acabaría en su cama si le decía la verdad. También Kia quería acostarse con él. Desde el primer día.

Pero qué diferente era de las mujeres experimentadas con las que él solía relacionarse. Mujeres orgullosas de serlo, además. Mujeres que tomaban la iniciativa, como a él le gustaba. Mujeres que no se derretían entre sus brazos, como Kia. Su pasión, su inocencia lo habían convencido de que no era una experta en el amor. Eso era algo a su favor. Una buscavidas no dudaría en usar su cuerpo para conseguir lo que quisiera…

En fin, ya no sabía qué pensar.

Lo que sí sabía era que había sido perfecto. Mejor que perfecto. Ésa era la razón por la que se había contenido. Quería hacerle el amor despacio, tomarse su tiempo, compensar por todas aquellas semanas de espera. Pero aquella noche la haría suya.

Cuando abrió la puerta de su ático esa noche, Brant casi se olvidó de respirar. El suave material azul del vestido de Kia dejaba al descubierto sus bronceados hombros y caía por su cuerpo como una caricia. En cualquier otra mujer ese sencillo vestido habría resultado vulgar, en ella era fantástico. No podría parecer poco atractiva aunque lo intentase.

—Tranquila, no voy a tomarte en la puerta —le dijo, aunque la idea fuese más que tentadora.

Kia pasó a su lado, envuelta en una nube de perfume.

—Qué alivio —replicó, irónica.

Brant cerró la puerta, sabiendo que ella sería desafiante en cualquier circunstancia. Pero su inseguridad no cambiaba nada. Harían el amor esa noche.

—Siéntate mientras te sirvo una copa. Gin-tonic, ¿verdad?

—Sí, por favor. Con mucha ginebra.

—No, de eso nada. No quiero que olvides un solo momento de esta noche. Desde luego, yo no pienso hacerlo.

Kia se pasó la lengua por los labios.

—Brant, yo creo que esto es un error. No debería haber venido.

—No es un error. Esto se llama ser adultos. Vamos a hacer algo que los dos queremos hacer.

—Tomar lo que uno desea sin pensar en las consecuencias es algo que sólo hacen los niños.

—Ah, entonces admites que me deseas.

Kia levantó los ojos al cielo.

—Yo creo que deberíamos dejar las cosas como están. Venir aquí sólo complicará las cosas...

Brant tomó dos copas del bar y las llevó a la mesa.

—Una complicación que no me importa nada asumir.

—¿Cómo sabrás si estoy o no fingiendo? Después de todo, he fingido un compromiso y tú no te diste cuenta.

—Pero sospechaba algo.

—Lo hice por una razón: para ayudar a Phillip.

—Y para mantenerme alejado.

—Y funcionó —sonrió Kia.

—Pero ya no funciona. Acéptalo.

Los ojos azules se llenaron de furia.

—Mira, tú mismo has dicho que soy una buscavidas. Si quieres una mujer esta noche, ¿por qué te no te buscas a otra?

—No —dijo Brant. No le valdría ninguna otra mujer. Tenía que ser ella. Ella era la razón por la que no devolvía las llamadas de sus amigos. La razón por la que no se había acostado con ninguna otra mujer en semanas. La razón por la que se había lanzado de cabeza al trabajo.

—Vamos a la terraza. He pensado que podríamos cenar allí.

—No tengo hambre.

—Entonces, quizá deberíamos saltarnos la cena...

Kia inmediatamente salió a la terraza.

—Ya me lo imaginaba —sonrió Brant.

—¿Tienes que mirarme de esa forma?

—Sí —contestó él, con voz ronca. Nunca se cansaría de mirarla.

—No me lo estás poniendo nada fácil.

—Las cosas importantes nunca son fáciles.

—Eso es lo que te atrae de mí, ¿verdad? No podías tenerme, así que decidiste que me deseabas.

—Admito que eres un reto, sí. Pero desearte no fue una decisión consciente. Te miré y supe que la decisión había sido tomada por mí.

—Qué bien —dijo Kia, con falsa dulzura.

—¿Nos sentamos? —sonrió Brant, señalando la mesa, adornada con velas.

Cenaron un cóctel de mariscos seguido de cordero asado con calabacines y tomates que había hecho su ama de llaves. Divertido, Brant observaba a Kia masticar cada bocado intensamente, como si fuera la última cena de su vida.

—Esto está riquísimo. No me dirás que, además, sabes cocinar.

—¿Tengo aspecto de cocinero?

—No hay nada malo en que un hombre cocine. De hecho, muchos lo hacen.

—Y la mayoría de los hombres hacen el amor —replicó él—. ¿Con cuántos hombres has hecho el amor, Kia?

Ella se atragantó, pero se recuperó enseguida.

—¿Y tú?

—No encuentro atractivos a los hombres. A las mujeres, sí.

—Sí, claro. Para ti es como una forma de arte, ¿no? Yo diría que has tenido mucha práctica.

—Cierto. Pero siempre sexo seguro, así que no tienes que preocuparte por eso.

—Ah, qué alivio —dijo Kia, burlona.

—Eso es importante.

—Lo sé.

—Bueno, ¿con cuántos hombres te has acostado? —insistió él.

—Con uno.

Brant arqueó una ceja. ¿De verdad podía ser tan inocente?

—Tú me has preguntado y ésa es la respuesta. Si no te gusta…

—¿Crees que tu inexperiencia me echaría atrás? Kia dejó el tenedor sobre el plato.

—En realidad, me da igual lo que pienses. Es la verdad.

—Cuéntamelo.

—¿Por qué iba a contártelo?

—Porque no quiero que haya secretos entre nosotros. Al menos, no en la cama.

Ella lo pensó un momento.

—Perdí mi virginidad en una fiesta cuando tenía quince años. Fue la primera y última vez. Yo estaba borracha y me acosté con el primer chico que se acercó a mí porque mi padre acababa de casarse y no quiso que la feíta de su hija fuera a la boda. Necesitaba sentirme querida… y eso fue lo que pasó. Ni siquiera me preguntó cómo me llamaba.

Lo había contado con tal crudeza que Brant la creyó. Y masculló una palabrota.

—Fue una suerte que no me quedase embarazada.

—¿El chico no usó protección?

—Yo estaba demasiado borracha como para darme cuenta de nada.

—Pero… —Brant apretó los dientes—. Vamos a hacer un trato. Haremos el amor, pero si en algún momento quieres parar, sólo tienes que decírmelo.

—¿Y pararías? —preguntó ella.

—Por supuesto. Me gusta hacer disfrutar a las mujeres, no aprovecharme de ellas —dijo Brant, levantándose y ofreciéndole su mano—. Te necesito. Necesito hacerte el amor, Kia Benton —añadió, diciendo su nombre completo para que ella supiera que sabía exactamente quién era, al contrario que aquel chico—. Y te prometo que ésta no será como tu primera vez.

Capítulo Siete

La brisa nocturna se colaba por las ventanas del dormitorio levantando suavemente las cortinas. En cierto modo, Kia se sentía como esas cortinas. Como si estuviera levantando una parte de sí misma, revelándose para él.

Pero era muy arriesgado y, por un momento, vaciló. ¿De verdad quería entregarse a Brant Matthews? Por la tarde, en la oficina, le había entregado su cuerpo. Pero si hacía el amor con él, si se entregaba del todo físicamente, ¿qué pasaría? ¿Se entregaría también emocionalmente?

En ese momento Brant apretó su mano y Kia lo miró. El deseo que había en sus ojos era tan poderoso que la hizo temblar. Y todas sus dudas desaparecieron.

–Te deseo, Brant –admitió. No podía negárselo a sí misma. Pasara lo que pasara después, siempre tendría aquel recuerdo–. Te deseo con todas mis fuerzas.

–Pues ya me tienes –dijo él, abrazándola–.

Nunca he tenido una mujer más bella entre mis brazos.

–Tú me haces sentir bella –murmuró Kia. Era cierto. Como si alguien hubiera movido una varita mágica, convirtiéndola en la mujer más bella del mundo.

El beso de Brant contenía todo el deseo de aquellas semanas, un beso que le daba a entender cuánto la necesitaba. Un beso que se alargó hasta el infinito. Acariciaba su espalda a través de la tela del vestido y luego empezó a bajar la cremallera para acariciar su piel. Como hipnotizada, Kia se echó hacia atrás para dejar que la besara en el cuello, en los párpados, en el pelo. Al mismo tiempo, Brant sujetaba sus caderas para pegarla a él, para que pudiera sentir su erección. Era su primer contacto auténtico con él como hombre. Y la deleitó. La hizo desearlo aún más.

Brant se apartó para quitarle el vestido, que dejó caer al suelo. Pero no se detuvo para mirarla como había hecho en el despacho. El sujetador desapareció enseguida y luego las braguitas. Después, la tomó en brazos y la llevó a la cama, tumbándola sobre el edredón.

–Esta noche eres mía, Kia.

–Sí –musitó ella.

Brant empezó a desabrochar los botones de

su camisa, que cayó silenciosamente sobre la alfombra, seguida de los pantalones. No tardó mucho en estar sobre ella, gloriosamente desnudo.

Kia se quedó sin aliento. Era magnífico, con un cuerpo increíblemente proporcionado que aceleraba su pulso. Los anchos hombros, el torso poderoso cubierto de fino vello oscuro, las caderas delgadas, las piernas musculosas... y una erección que magnificaba su masculinidad.

Brant se tumbó a su lado en la cama y Kia se rindió al momento, a él, a ella misma. Lanzó un gemido cuando él tomó un pezón con la boca mientras con la mano buscaba el interior de sus muslos. Sus dedos se deslizaron dentro de los pliegues femeninos, haciendo círculos alrededor del diminuto capullo. El mundo dejó de existir para Kia, que sólo podía sentir su boca y sus dedos...

Pero entonces, justo cuando estaba a punto de llegar al final, Brant se apartó.

–¡No te pares!

–Calla. Esta vez haremos el amor juntos –dijo él, buscando algo en la mesilla. Después de ponerse el preservativo se colocó entre sus piernas. Y ella se derritió, dispuesta a recibirlo. Deseando recibirlo–. Ábrete para mí –murmuró, abriendo sus piernas con las manos. Y ella obedeció.

Brant la penetró despacio, sin dejar de mirarla a los ojos. Su angostura confirmaba la historia que le había contado. Ningún hombre la había llenado de esa forma. Brant la miró con ternura, una ternura que le robó el aliento. Luego la llenó por completo, despacio, deteniéndose sólo cuando no pudo llenarla más.

Se quedaron parados un momento, cada uno estudiando al otro, conectados en cuerpo y alma. Fue el momento más profundo que Kia había experimentado nunca. E intuyó que él sentía lo mismo.

Como si hubieran llegado a un silencioso acuerdo, Brant se echó hacia atrás y luego volvió a empujar. Respirando profundamente, volvió a apartarse y a entrar en ella. Siguió repitiendo este movimiento mientras Kia levantaba las caderas para recibirlo mejor, sintiendo que algo crecía dentro de ella, algo tan eléctrico que tuvo que cerrar los ojos.

–Mírame –dijo Brant con voz ronca. Y, gimiendo, ella hizo lo que le pedía, encontrándolo increíblemente erótico. Brant aceleró el ritmo, tomándola, haciéndola sentir el peso de su cuerpo, llevándoselo todo.

–¡Brant! –gritó Kia cuando él murmuró su nombre con voz ahogada.

Entonces la besó. Un beso profundo que fue seguido de una nueva embestida, más fuerte que las anteriores. Llegaron al final juntos, en total sincronía. Kia se dejó ir, como mareada, hasta que, unos momentos después, sintió que Brant se tumbada a su lado, llevándola con él, jadeando hasta que su respiración volvió al ritmo normal.

Enseguida lo vio levantarse para ir al baño. Kia cerró los ojos. Tenía que hacerlo porque si no, cuando volviera, Brant vería lo que acababa de pasar.

Se había enamorado de él.

Amaba a Brant Matthews. Lo amaba aunque sabía que él no se conformaría sólo con una mujer. No podía ser, pero sabía en su corazón que así era.

—¿Kia?

Ella lo miró, intentando con todas sus fuerzas que no viera en sus ojos lo que estaba pasando en su corazón. Pero en los ojos de Brant sólo vio un brillo de satisfacción masculina.

Y no tenía ni idea de que lo amaba.

Afortunadamente. Ahora podía respirar tranquila. Si era como esperaba, después de haber hecho el amor con ella, seguramente Brant Matthews intentaría desaparecer de su vida lo antes posible. Aunque esa idea le rompía el corazón.

—¿Te he hecho daño?

—No, no.

Pero se lo haría.

—Ha sido genial, ¿no?

Sí, eso era lo único importante para los hombres como Brant.

—Sí, ha sido genial.

—Prácticamente como si fueras virgen. Es un honor haber sido el primer hombre que se ha acostado contigo —sonrió Brant, inclinando la cabeza para besarla—. ¿Por qué has dejado que fuera yo, Kia?

—¿Por qué? Pues... no sé, supongo que todas las mujeres quieren acostarse con un hombre como tú.

—Con halagos como ése conseguirás cualquier cosa —bromeó él.

Pues si esperaba una declaración de amor, iba a llevarse una sorpresa. Quizá eso era lo que hacían las otras mujeres...

Kia temblaba al pensar en las mujeres que pasarían por esa cama. Pero ella no pensaba quedarse esperando que Brant la dejase plantada como si fuera algo usado y poco interesante. No, no iba a hacerlo.

Asustada, se incorporó, casi tirándolo de la cama.

—¿Qué ocurre?

—Me voy a casa.

—No voy a dejar que te vayas...

–¿No vas a dejarme?

–Ya dejé que una mujer que me importaba de verdad saliera corriendo y no voy a dejar que tú hagas lo mismo. Aún no, al menos.

Kia lo miró, sorprendida.

–¿Estás diciendo que entre tú y yo…? ¿Quieres decir que hay algo entre nosotros?

–Claro que hay algo entre nosotros. Y vamos a explorarlo hasta el final.

Hasta el final. No debería sorprenderla que usara esa expresión. ¿Cómo podía amar a aquel demonio de hombre? Desde luego, el destino le había gastado una buena broma.

–No me digas lo que voy a hacer, Brant.

–Si te dijera todo lo que quiero hacerte, saldrías corriendo.

–No tengo que salir corriendo. Pero me voy de todas formas.

–No, no lo creo.

–No puedes detenerme.

–Entonces, no tienes nada que perder por darme un beso, ¿no? –la retó Brant–. Hazlo y yo mismo te abriré la puerta.

–¿Y si no lo hago?

–Entonces te besaré yo… y ya veremos dónde nos lleva eso.

–Menuda elección –Kia tragó saliva. Un beso. ¿Podía besarlo y marcharse después? Sabía que volvería a derretirse entre sus brazos. Pero, ¿no se había enorgullecido siempre de su fuerza de voluntad, de su carácter?

Sin pararse a pensar, se inclinó para besarlo en los labios y luego se apartó. Pero Brant tiró de su brazo.

–Un beso de verdad.

Y el beso de verdad se convirtió en otro. Y en otro. Y en otro. Y, por fin, después de hacer el amor, se quedaron dormidos.

El sonido del teléfono los despertó durante la noche. Kia apoyó la cara contra el torso de Brant, esperando que el ruido cesara de una vez. Vagamente, se percató de que él alargaba la mano para contestar...

–¿Qué? –lo oyó decir–. ¡Dios mío, Julia! ¿Ahora mismo...? Muy bien, dame media hora.

–¿Te vas? –preguntó Kia, incrédula.

–Tengo que salir un momento. Ha ocurrido algo.

«Sí, y se llama Julia».

–No te preocupes. Lo entiendo.

–No tienes que irte, Kia.

¿Pensaba que iba a esperar allí, en su cama, mientras hacía el amor con otra mujer?

–No quiero quedarme.

–Entonces, te acompaño al coche.

–No te molestes –dijo ella, sin mirarlo.

—Insisto. Es muy tarde.

Había sido un error hacer el amor con él. Un error precioso, pero un error. La primera vez que hacía el amor con Brant... y otra mujer lo sacaba de la cama. Qué ridícula se sentía.

—Llámame al móvil cuando llegues a casa —le dijo Brant mientras cerraba la puerta del coche—. Quiero saber que has llegado bien.

—Llegaré perfectamente, no te preocupes.

—Pero llámame de todas formas —insistió él—. Si no me llamas, te llamaré yo.

Kia no respondió. Arrancó el Porsche y salió a toda velocidad del aparcamiento, sin mirar atrás. Que era lo que debía hacer con Brant Matthews, alejarse y no mirar atrás. Nunca.

Estaba a punto de llegar a casa cuando se le ocurrió algo. ¿Sería esa Julia la mujer que le había importado de verdad? Sin ninguna duda, supo que era ella. Y, evidentemente, seguía importándole o Brant no habría saltado de la cama a las dos de la madrugada.

Kia no lo llamó cuando llegó a casa. Y tampoco él la llamó. Evidentemente, no era tan importante como esa tal Julia.

Kia no durmió durante el resto de la noche y por la mañana estaba agotada. Ni siquiera una ducha y un buen desayuno lograron animarla.

Si no estuviese enamorada de Brant... Todo sería mucho más fácil si fuera la clase de hombre capaz de amar a una mujer... sólo a una mujer. Pero Brant no era ese hombre. Y no lo sería nunca. Un mujeriego no dejaba de serlo nunca, ella lo sabía bien. La palabra «fidelidad» no estaba en su vocabulario.

Phillip llamó por teléfono cuando estaba a punto de irse a la oficina.

—¿Se puede saber qué haces enviando mujeres para que me seduzcan?

Kia tuvo que sonreír.

—¿Ha funcionado?

—Más que eso. ¿Cómo puedo darte las gracias por lo que has hecho, Kia?

—Sed felices, Phillip. Eso es lo único que necesito.

—Lo seremos. Y queremos que vengas a nuestra boda, dentro de dos meses. Nos casaríamos antes, pero tengo que ir a otro médico a ver si puede hacer algo con mi pierna y después soy todo suyo.

Ella no iría a la boda. No quería ver a Brant. Y mucho menos en una fiesta, a la que seguramente iría con Julia.

—Lo anotaré en mi agenda.

—Hablando de agendas, ¿no se supone que estabas en casa de tu madre? Lynette me dijo que ayer estabas en la oficina, por eso te he llamado a casa.

Kia intentó inventar una excusa a toda velocidad.

—Sí, pero volví antes de lo previsto. Ya sabes cómo son las navidades, la casa estaba llena de gente, había un barullo enorme…

—Pero no tenías que ir a la oficina… ¿o es que hay algún problema?

—No, claro que no —contestó ella—. Es que pasé por mi despacho para buscar unos papeles. Brant estaba allí y aprovechó para pedirme que le pasara unas cosas al ordenador.

Al otro lado del hilo se hizo un silencio.

—Recuérdame que te dé una paga extra. Claro que muchas mujeres pensarían que trabajar con Brant ya es un extra…

—Sin duda.

—Tengo que contarle lo que ha pasado con Lynette. Y, a partir de ahora, ten cuidado con Brant.

—Ya lo sabe. Ayer escuchó mi conversación con ella.

—¿Y?

—Y nada —contestó Kia—. Phillip, tengo una cita y llego tarde.

–Ah, por cierto, supongo que empezará a correr la voz de que hemos roto. Y no puedo volver a Darwin a tiempo para echarte un cable…

–No te preocupes, me las arreglaré sola.

–Pero vas a tener que soportar a la prensa. Y algunos pensarán que me has dejado por lo de la pierna.

–Si somos sinceros, no será así. Además, decir la verdad siempre es lo mejor.

–Sí, tienes razón.

–Oye, tengo que irme, de verdad.

–¿Kia?

–¿Sí?

–¿Seguro que estás bien?

–Claro que estoy bien, Phillip. Gracias por preguntar. Bueno, te llamo dentro de unos días para ver cómo va todo –Kia colgó a toda prisa para que no se diera cuenta de que se le había roto la voz. No quería que nadie adivinara sus sentimientos por Brant. Amar a Brant era algo privado, tan personal que no podía compartirlo con nadie.

Capítulo Ocho

Kia salió del ascensor a las ocho y diez de la mañana y sintió la tentación de entrar en su despacho de puntillas. Pero eso sería actuar como una cobarde y ella no lo era.

Cuando asomó la cabeza en el despacho de Brant comprobó que no había nadie. Las luces estaban apagadas. Y, sin saber por qué, eso hizo que se le encogiera el corazón. ¿De verdad había pensado que estaría en la oficina? Por el amor de Dios, ¿cómo podía hacerle el amor y luego marcharse con otra mujer? Era moralmente detestable. Pero que ella lo amase no cambiaba lo que Brant Matthews era.

Una hora después, Kia se levantó del sillón para acercarse a la ventana. Abajo, el mundo seguía moviéndose como siempre, ajeno a su tragedia. Tenía que olvidar a Brant, pero no encontraba energía para hacerlo. Él aún no había llegado a la oficina. Seguía con…

—¿Kia?

Ella se volvió, con el corazón acelerado. El corazón que creía muerto había vuelto a la vida. Brant estaba en la puerta. Se había cambiado de ropa y parecía tan vital, tan lleno de energía como siempre.

—Pensé que hoy llegarías más tarde.

—¿Por qué?

—No sé. Porque anoche parecías tan preocupado.

—¿Preocupado por qué? ¿O debería decir por quién?

—Por Julia, claro.

—Ah, ya. Pensabas que estaría en la cama con Julia, ¿no?

—Mira, si quieres acostarte con otras mujeres es cosa tuya —contestó Kia, sin mirarlo—. Pero no esperes que a mí me guste, claro. No me gusta compartir mis cosas.

—¿Estás diciéndome que debo elegir entre Julia y tú?

—No, estoy diciendo que elijas entre las demás mujeres y yo. Incluida Julia.

—No me gustan los ultimátum. Y no suelo darle explicaciones a nadie —replicó él, arrogante—. Pero por ti, querida Kia, lo haré. Anoche no dormí con Julia. Creo recordar que dormí contigo... al menos, durante un rato.

—Ya, claro. Pero verás es que yo, como la mayoría de las mujeres, no creo todo lo que me cuentan. Dices que no has dormido con Julia, pero no niegas haberte acostado con ella.

–Es que no me acosté con ella. Y no soy tu padre, Kia. Una vez me dijiste que no ibas a disculparte por él, ¿recuerdas? Pues tampoco yo voy a hacerlo. Tu padre es un hombre superficial, sin integridad. ¿De verdad crees que soy como él?

–Brant…

–O me crees o no me crees. Es muy sencillo.

Kia lo miró a los ojos. Tenía que tomar una decisión. Pero si no lo creía sería el final. Y no estaba preparada para decirle adiós.

–Sí, te creo.

–Gracias.

–Y ahora tú tienes que creer algo sobre mí –dijo ella entonces–. No soy una buscavidas. Nunca he intentado sacarle dinero a nadie. Ni dinero ni nada. Puedes creerme o no.

Brant estudió su rostro un momento.

–Te creo –dijo después, apretándola con fuerza contra su pecho. Afortunadamente, porque no la sostenían las piernas. Saber que estaba viéndola como la persona que era en realidad por primera vez la hizo sentir casi agradecida.

–Y si piensas que eres como tu madre por

creerme como ella hacía con tu padre… no lo eres. No tienes por qué sentirte culpable.

–¿Culpable? –repitió Kia.

–Por desearme –sonrió Brant.

–¿Quién ha dicho que te deseo?

–Creo recordar un par de ruegos al oído anoche…

–Te estaba suplicando que nos fuéramos a dormir –lo interrumpió ella, burlona.

–¿Ah, sí? Pues quizá deberíamos repetirlo esta noche, para ver si es verdad.

–No, esta noche no puedo.

–Espero que no tengas otra cita.

–No, es que tengo que lavarme el pelo.

–Yo te lo lavaré.

–¿Y también plancharás mi ropa?

–Podemos llegar a un compromiso –rió Brant–. Usar ropa que no se arrugue. O mejor, no usar ropa en absoluto.

–¿Mi casa o la tuya?

–La mía –contestó él, besándola en el cuello–. Tengo una reunión dentro de una hora con uno de los ejecutivos de Anderson, pero seguiremos esta noche. Iré a buscarte a las siete.

–Puedo ir en mi coche.

–Bueno, pero te quedas a dormir, ¿eh?

–Muy bien –rió Kia.

Brant le regaló una sonrisa que aceleró el ritmo de su corazón.

–De hecho, no creo que durmamos mucho en toda la noche.

A las siete y cuarto, Kia se encontró de nuevo frente a la puerta del ático. Resultaba difícil creer que había estado allí veinticuatro horras antes y que entonces se dijo a sí misma que sería una sola noche. Una sola vez.

No iba a ser así y lo sabía. No sabía cuál sería su futuro o cuánto duraría aquello, pero sí que no podía decirle que no a Brant.

Él abrió la puerta con una sonrisa. Una sonrisa y unos vaqueros. Brant Matthews en vaqueros. Increíble. Kia se echó en sus brazos.

–Hola. Te he echado de menos.

–Y yo a ti. ¿Has cenado algo?

–No. Y tengo hambre.

–Pues vamos a comer algo, jovencita.

Cenaron en el comedor, un saloncito íntimo. O quizá le parecía íntimo por lo cerca que estaban. O quizá porque Brant iba en vaqueros. En cualquier caso, le resultó encantador.

Aun así, de vez en cuando pensaba en Julia. No porque creyera que Brant tenía una relación con esa mujer. No, lo había creído cuando dijo que no se había acostado con ella. Sin embargo, había algo...

–Háblame de Julia.

Brant dejó su taza de café sobre la mesa.

–Es mi cuñada...

–¡Tu cuñada! ¿Y por qué no me lo dijiste antes? Pensé que era...

–¿Una de mis múltiples amantes? Pues no, es la mujer de mi hermano.

–¿Y por que te llamó anoche a las dos de la mañana?

–Necesita ayuda con mi hermano. Por lo visto, Royce tiene un problema con el alcohol y Julia me pidió que hablase con él.

–¿Y lo hiciste?

–No.

–Pero es tu hermano, Brant.

–Lo sé.

–¿Y eso no te importa?

–No.

Eso, más que nada, le dejaba bien claro cómo la trataría cuando llegase el momento. Y llegaría. Brant se cansaría de ella.

Cómo se había engañado a sí misma. Admitir que Brant tenía más integridad que su padre no significaba que, de repente, se hubiera convertido en un hombre maravilloso. Cuando la quisiera fuera de su vida, la dejaría fuera, así

de sencillo. Como hacía con su propio hermano.

Aunque quizá había una excepción.

Julia.

—Eres un cerdo —le espetó Kia.

—Piensa lo que quieras.

—Lo haré, no te preocupes.

—Dime una cosa, Kia. ¿Crees que si hablaras
con tu padre ahora mismo y le dijeras lo que
sientes cambiaría algo?

—¿Qué tiene que ver mi padre con esto?

—Tú me estás pidiendo que hable con mi hermano. Es una situación similar.

—Pero… no puedes saber si cambiaría algo
si no lo intentas.

—¿Lo has intentando tú con tu padre?

Kia parpadeó, sorprendida.

—Sí.

—¿Y qué pasó?

—Que no me hizo ni caso.

—Exactamente.

Ella dejó escapar un suspiro.

—Ya.

—Mira, mi tío era alcohólico y eso destrozó
a su familia... antes de matarlo a él y a mi tía
en un accidente de tráfico. ¿No lo entiendes?
Puedo hablar con mi hermano hasta quedarme sin voz, pero no cambiará nada. Sé que me

prometerá que va a buscar ayuda, pero no lo hará. Tiene que buscar ayuda por sí mismo, no esperar que se lo soluciono todo su mujer. O su hermano.

—Sí, tienes razón —suspiró Kia.

—Oye, no quiero seguir discutiendo. Quiero que hagamos el amor —dijo Brant, sentándola sobre sus rodillas—. Olvidemos el resto del mundo esta noche.

—Pero…

—No, no sigas —la interrumpió él, levantándose para llevarla al dormitorio.

—Brant, quiero hacerte lo que tú me hiciste a mí en la oficina.

Él la miró, sorprendido.

—¿Crees que estás preparada para eso?

—Sí.

—¿De verdad?

—De verdad.

Sonriendo, Brant le dijo exactamente cómo le gustaba a un hombre. Kia no necesitaba muchas instrucciones mientras besaba su torso e iba deslizándose hacia abajo… hasta cubrir la punta de su erección con los labios.

—Kia… —murmuró Brant. No necesitaba que le dijera lo que tenía que hacer. Se movía por instinto. Lo quería todo de él. Y estuvo a punto de conseguirlo. Hasta que Brant apartó su cabeza–. No, eso no –le dijo, alargando la mano para tomar un preservativo de la mesilla. Unos segundos después la colocaba debajo de él, abriendo sus piernas y empujando con fuerza hasta que los dos llegaron al orgasmo.

Después, Kia apoyó la cara en su torso.

–¿Por qué te has apartado, Brant?

–No creo que estés lista para dar ese paso.

–Pero…

–Cariño, yo sé un poco más que tú de esto.

Kia levantó la cara para mirarlo. Le gustaba la fuerza de sus facciones, la dureza de su mandíbula, esos labios... Pero tenía que preguntarse quién de los dos no estaba preparado para comprometerse del todo. ¿El hombre que lo sabía todo sobre el sexo o la mujer que, supuestamente, no sabía nada?

Brant esperó hasta que Kia se quedó dormida para admirar su cuerpo desnudo. Era tan preciosa.

Y la única mujer a la que no había dejado llegar hasta el final. No sabía bien por qué, pero sí sabía que no quería que hiciera lo que le habían hecho otras mujeres. Aunque le habría dado un enorme placer, claro. Un placer intenso. Pero estar con Kia no era meramente un placer físico. En el fondo, había sabido eso desde el principio, pero aquel día, cuando le obligó a admitir que no era una buscavidas, algo dentro de él se conmovió.

No se había dado cuenta de cuán profundamente le había tocado Kia Benton. Pero no era amor. No, eso no. Una vez una mujer le había roto el corazón. Y no dejaría que volviera a pasar. Nunca.

Capítulo Nueve

A la mañana siguiente sonó el teléfono en cuanto Kia entró en casa. Pensando que era Brant para tomarle el pelo porque iba a llegar tarde al trabajo, corrió por el salón para contestar. Por primera vez se sentía casi feliz de estar enamorada.

—¿Cómo está mi preciosa niña? —oyó una voz masculina al otro lado del hilo.

Oh, no. ¿Para qué la llamaba su padre?

—Hola, papá.

—Pareces decepcionada. ¿Esperabas otra llamada? Uno de tus muchos novios, sin duda.

—Nunca he tenido muchos novios, papá —contestó Kia. Ella no era como su padre. No necesitaba la constante adoración de alguien cada minuto del día.

—Entonces es un novio serio.

—No tengo novio. ¿Cómo va todo, papá? —preguntó ella, intentando cambiar de conversación.

—Ésa es mi chica. No te ates a nadie hasta que tengas al menos treinta años. Hasta entonces, pásalo bien y nada más.

—Lo haré, no te preocupes —suspiró Kia.

—Bueno, estoy en Darwin unos días por un asunto de negocios y he pensado que podríamos desayunar juntos.

—¿Desayunar juntos?

—Sí, he quedado para comer con unos clientes, pero no quiero irme de Darwin sin verte. Quiero comprobar que estás tan guapa como siempre.

—¿Y si no es así? —preguntó Kia.

—Entonces te cambiaré por otra —rió su padre, como si fuera la broma más graciosa del mundo.

Ella cerró los ojos. Afortunadamente, él no podía verla.

—¿Qué dices? ¿Tienes un rato para ver a tu viejo?

Kia parpadeó rápidamente. Debería decirle que no. Entonces se le ocurrió algo: si hablaba con él podía disipar cualquier duda de que Brant fuera como su padre. No lo era, lo sabía, pero ¿por qué no aprovechar esa oportunidad para dejar ese tema atrás de una vez por todas?

—¿Amber irá también? —le preguntó, refiriéndose a su última y jovencísima esposa.

–No, le dije que se quedara en Sidney.

Kia suspiró. De modo que su esposa ya no le interesaba. Qué pena.

–¿Dónde y a qué hora?

Su padre dijo el nombre de un famoso restaurante en el corazón de la ciudad. Ella habría preferido comer en su hotel, pero a Lloyd Benton le gustaba ser visto.

Después de colgar, levantó de nuevo el auricular para llamar a Brant y decirle que llegaría tarde. Entonces recordó la barrera invisible que había puesto entre ellos por la noche... Quizá lo mejor sería mantener cierta distancia.

Brant iba a levantar el auricular por enésima vez cuando oyó el timbre del ascensor. Tenía que ser Kia, pensó, aliviado. Afortunadamente, no le había pasado nada. Había ido a su casa para averiguar por qué no estaba en la oficina, pero no encontró a nadie. Y el Porsche no estaba en la puerta. Eso lo había asustado y a él no le gustaba estar asustado.

De repente, su corazón pareció pararse un momento. ¿Y si estaba viendo a otro hombre? ¿Sería posible? Ni siquiera Julia lo había engañado con su hermano tan pronto.

Nervioso, se dirigió a la puerta… pero no era Kia quien se dirigía hacia él. Era Flynn Donovan.

Brant soltó una palabrota.

—Ah, qué manera más agradable de recibir a un amigo.

—Perdona, no era por ti.

—¿Por quién era entonces?

—Da igual —suspiró Brant, intentando sonreír—. Bueno, ¿a qué le debo este honor?

—He venido a preguntar por qué no devuelves las llamadas. ¿No habíamos quedado en vernos después de Navidad?

—Un poquito difícil cuando tú estabas en Japón y Damien en Estados Unidos.

—Volví en Navidad y Damien llegará mañana. Pero ése no es el asunto. La cuestión es que estás evitándonos —dijo Flynn.

—Es que he estado ocupado…

—¿No lo estamos todos? —sonrió su amigo.

—Sí, bueno, es que tenemos un pequeño problema en la oficina. Ya sabes que Phillip tuvo un accidente y no puede concentrarse del todo en el trabajo… en fin, que hemos estado a punto de perder a un cliente importante. Estoy trabajando doce horas diarias para solucionarlo.

—¿Puedo ayudarte en algo?

—No, gracias. Creo que lo tengo todo controlado —sonrió Brant, mirando hacia el ascensor.

—¿Qué te pasa? Pareces nervioso.

—Estoy esperando a la ayudante de Phillip.

—¿Kia Benton?

Brant lo miró, sorprendido.

—¿Conoces a Kia?

—No, pero la he visto en un par de ocasiones con Phillip. Es guapísima. No me importaría nada salir con ella. Y entiendo que Phillip no pueda concentrarse en el trabajo...

—Cállate, Flynn.

Su amigo lo miró, atónito.

—¿Se puede saber qué te pasa?

—No me pasa nada —contestó Brant.

—Venga, hombre. Yo sé cuándo estás mintiendo.

Brant se pasó una mano por la cara.

—Kia y yo somos amantes.

—¿Y Phillip lo sabe?

—No, pero no le preocuparía en absoluto —Brant le explicó brevemente la situación, ahorrándose ciertos detalles.

—O sea, que te has empeñado en acostarte con ella porque pensabas que no podías tenerla.

—Sí, algo así.

Flynn soltó una carcajada.

—No, tiene que haber algo más. Te conozco desde siempre, amigo. Venga, cuéntamelo.

—Eres un bastardo –dijo Brant.

—Sí, bueno, lo que tú digas. A ver, ¿qué pasa con esa chica?

—Nada. Es muy atractiva y… me gusta.

—Ya, ya. Pues deja que te dé un consejo. Si no te espabilas, cualquier hombre te la quitará de las manos.

—¿Eso es una amenaza?

—No seas idiota. Sólo estoy diciendo que es una chica guapísima. Sería un trofeo estupendo para cierto tipo de hombre.

—Ella no estaría interesada.

—¿No? ¿Ni siquiera por un hombre que pudiera ofrecerle yates, coches de lujo, casas en las mejores ciudades del mundo? ¿Quién se resistiría a eso? Hasta yo estaría interesado –rió Flynn.

—¿Cuándo te has vuelto tan cínico?

Flynn Donovan lo miró, divertido.

—Cuando gané mi primer millón.

Un par de horas después, Kia se preguntaba cómo había podido pensar que Brant era igual que su padre. Lo único que tenían en común era el género al que pertenecían. A Brant no se le daban bien los compromisos, pero si algún día se enamorase de una mujer sería para siempre. Y sus hijos sabrían que eran queridos de forma incondicional. Pero su padre... era un niño grande, nada más. Tan egoísta como un niño e igualmente inconsciente.

Se sintió aliviada al despedirse de él. Ahora, más que nunca, apreciaba su amor por Brant. Por eso se alegró al ver el Mercedes gris aparcado frente a su casa cuando volvió a mediodía para cambiarse de ropa. Pero cuando vio su expresión se asustó.

—¿Brant?

—¿Dónde has estado?

—¿Qué?

—He venido dos veces par ver si te encontraba...

—¿Ah, sí?

—¿Dónde has estado toda la mañana?

Kia lo miró, sorprendida y enfadada por el tono. No le gustaba que le hablase así.

—No sabía que necesitaba tu aprobación para salir a desayunar.

—Si yo te soy fiel, tú deberías serme fiel a mí.

—¿Qué? ¿Quién está hablando de fidelidad?

—Si no tienes nada que esconder, ¿por qué no me dices dónde has estado?

Kia levantó los ojos al cielo.

—Brant, yo no soy tuya. No soy una muñeca

que controlas a voluntad. Soy un reto, ¿recuerdas? O, al menos, lo era.

—Aún no me has dicho dónde has estado.

—No es asunto tuyo —contestó ella, buscando las llaves en el bolso. Entonces, de repente, sintió náuseas y empezó a darle vueltas la cabeza.

—¿Kia? ¿Qué te pasa?

—No sé… no me encuentro bien.

—Ven, vamos dentro —dijo Brant, tomándola del brazo. Marcó el código de seguridad que Kia le dio a toda prisa, pero tuvo que soltarla cuando ella salió corriendo al baño.

—Kia…

Ella no podía contestar porque estaba vomitando el desayuno. Nunca le había pasado algo así. Después de lavarse la cara levantó la mirada y casi dio un salto al verlo en la puerta.

—¿Te encuentras mejor?

—No mucho, la verdad.

—Ven, te llevaré a la cama.

—No, estoy bien…

—Sí, ya lo veo —dijo Brant, irónico.

Kia tuvo que levantarse de nuevo para vomitar. Y aquella vez no le importó que Brant sujetara su cabeza. Se sentía morir, pero después de lavarse los dientes, él volvió a llevarla a la cama.

–Descansa un rato. Se te pasará enseguida.

Kia cerró los ojos un momento y, de repente, sintió que Brant tocaba su hombro.

–Kia, despierta. Ha venido el médico.

Ella abrió los ojos, confusa.

–¿El médico?

–¿Cómo se encuentra, señorita Benton?

–Fatal. He vomitado dos veces esta mañana y me duele mucho el estómago.

–Será mejor que le eche un vistazo. ¿Le importaría esperar fuera, señor Matthews?

–Prefiero quedarme –dijo él.

El médico miró a Kia.

–¿Le importa que se quede?

–No –contestó ella.

–Muy bien. Vamos a ver qué le pasa.

La examinó durante unos minutos y luego apartó el estetoscopio.

–Hay un virus de gastroenteritis por toda la ciudad, pero me gustaría comprobar que no es una intoxicación alimenticia. ¿Qué ha comido?

–Pues...

–Hemos desayunado juntos –contestó Brant–. Y hemos comido lo mismo, pero yo me encuentro bien.

–¿Ha comido algo después del desayuno?

–Sí –contestó Kia. Por el rabillo del ojo vio que Brant arrugaba el ceño.

–¿Ha comido con alguien? Si es así, será mejor hablar con esa persona para preguntar si se encuentra bien. Si no, tendremos que llamar al restaurante.

–He salido a tomar algo con mi padre –contestó Kia por fin–. Si quiere hablar con él, el número de su móvil está en la cocina.

–Yo lo llamaré –dijo Brant, sin poder disimular un suspiro de alivio.

Kia sonrió. ¿De verdad había pensado que tenía una aventura con otro hombre?

Seguía pensando en ello cuando volvió a la habitación.

–Tu padre dice que no le pasa nada.

–Muy bien –dijo el médico, abriendo su maletín–. Entonces le daré algo para las náuseas. Debe ser ese virus que anda por ahí.

–Gracias –murmuró Kia.

Brant acompañó al médico a la puerta y volvió un minuto después con un vaso de agua y un par de pastillas. La ayudó a sentarse en la cama y, mientras se las tomaba, apartó el pelo de su cara con ternura.

–¿Por qué no me dijiste que habías comido con tu padre?

–¿Otra vez con eso? Qué pesado eres.

–Cuando quiero algo, sí.

–¿Y qué es lo que quieres, Brant?

136

–Una respuesta.

–Mi vida es mía. ¿Ésa es la respuesta que esperabas?

Él se apartó, su expresión inescrutable.

–Descansa un poco. Me quedaré un rato hasta que te duermas.

–No hace falta.

–Sí hace falta –Brant salió de la habitación sin decir nada más.

Kia despertó un par de horas después y las náuseas habían desaparecido, aunque aún le dolía un poco el estómago.

–Ah, estás despierta –dijo Brant, apoyado en el quicio de la puerta.

–¿Sigues aquí?

–Por si te despertabas y volvías a vomitar.

–Ya ves que no. Además, sé cuidarme sola.

–Sí, claro. Como cuando tuve que ayudarte a entrar en casa…

–Si no me hubieras acosado en la puerta, quizá habría tenido tiempo de entrar antes de ponerme enferma.

Brant se acercó a la cama.

–No me escondas nada, Kia. No merece la pena.

De repente, ella se sentía demasiado débil

como para discutir. Además, ¿para qué? No podía decirle que estaba enamorada de él.

—Creo que deberíamos irnos de viaje un par de días —dijo Brant entonces.

—¿Qué?

—Nos merecemos unas pequeñas vacaciones, ¿no te parece? Tengo una casa en el campo, a un par de horas de aquí. Me gusta escaparme allí de vez en cuando… ¿te apetece ir?

—Pues…

—Kia, nunca he llevado una mujer allí, te lo prometo. Cuando voy al campo quiero alejarme de todo.

—¿Cuándo quieres que nos vayamos?

—Mañana, si te parece. Antes tengo que terminar un par de cosas en la oficina, pero podemos irnos a media tarde. Tú quédate en la cama y ponte bien. Vendré a buscarte a las tres.

Por una vez, Kia no protestó. No quería que nada le estropease un par de días preciosos con el hombre de su vida. Serían momentos como aquél los que conservaría como un tesoro.

A la mañana siguiente, Kia se sentía más viva que nunca. Las náuseas habían desaparecido del todo y estaba lista para enfrentarse con el mundo entero. De hecho, aquel día estaba dispuesta a abrazarlo. Y, durante los próximos días, disfrutaría del amor que sentía por Brant. Aunque él no tenía por qué saberlo.

Pero antes iría a la oficina para dejarle una nota a Evelyn, en caso de que la secretaria decidiera pasar por allí para ver cómo iban las cosas.

Alegremente, salió del ascensor y se dirigió al despacho de Brant con una sonrisa en los labios.

—Te equivocas, Royce... —oyó la voz de Brant cuando estaba a punto de entrar.

¿Royce? ¿No era su hermano?

—¿Niegas que te has visto con Julia en varias ocasiones? —oyó otra voz masculina.

—No, no lo niego —contestó Brant—. Pero no es lo que tú piensas.

—Sí, seguro. La oí llamarte por teléfono, decir que te necesitaba...

—Quería hablar conmigo. Nada más.

—¿En un hotel?

Brant no contestó inmediatamente y Kia se quedó sin aliento. Rezaba para que fuese un malentendido. Esperaba que Brant contestase de inmediato...

—Hay muchas razones para ir a un hotel —dijo por fin. Y el corazón de Kia empezó a partirse. ¿Qué otras razones? «Por favor, Brant, dímelo».

—No soy tonto —replicó su hermano—. Te robé a tu prometida y ahora quieres devolvérmela.

—No seas idiota. Julia te quiere…

—Aléjate de mi mujer o lo lamentarás —lo interrumpió Royce—. Me da igual que seas mi hermano.

Kia sintió como si le hubieran cortado las piernas. ¿Julia había sido la prometida de Brant? ¿Habían estado prometidos? Y Brant no se había molestado en contarle algo tan importante…

Eso demostraba lo poco que le importaba. Ella sólo era otra más en el harén del señor Matthews. Qué tonta había sido. Brant no era diferente de su padre. Lo había creído porque quiso creerlo, sencillamente.

Tenía que marcharse. Sola. Kia se dio la vuelta, pero su voz la detuvo. Sonaba más cerca, como si estuviera en la puerta del despacho.

—Estás sacando conclusiones precipitadas, Royce… —Brant se quedó helado al verla—. ¡Kia! ¿Qué haces aquí?

Ella tragó saliva, mirando de uno a otro. Ver a Royce Matthews hacía que la acusación, la posibilidad de que Brant se estuviera acostando con Julia a espaldas de su hermano pareciese más concreta, más real. Quizá por intuición femenina, Kia creyó ver un brillo de dolor en sus ojos.

El dolor de la traición.

–Recuerda lo que te he dicho –le advirtió Royce antes de alejarse hacia el ascensor.

Kia miró a Brant, intentando mantener la compostura. Y sin saber cómo hacerlo.

–Tengo que… ir a buscar una cosa a mi despacho.

–Deberías haberme llamado para decir que venías. Pensaba ir a buscarte a casa.

–Sí, bueno, quizá es mejor así –murmuró ella.

–¿Qué pasa, Kia?

–Nada.

–¿Has traído la maleta?

–No –contestó ella.

–¿No? ¿Por qué no?

–Porque no voy a ir contigo, Brant. He decidido que no quiero ser una segundona.

Él apretó los labios.

–Supongo que has oído la conversación…

–Así es.

–¿Crees que tengo una aventura con Julia?

–Sí.

–¿De verdad?

–Sé lo que he oído –suspiró ella, dándose la vuelta. Pero Brant la retuvo.

–¿Y si te digo que tú significas para mí mucho más que Julia?

–Entonces, ¿por qué no me dijiste que había sido tu prometida?

—Porque no me pareció importante.

—Para mí, sí lo es.

—Mira, lo que hubo entre Julia y yo…

—No es asunto mío –lo interrumpió Kia–. Sí, lo entiendo. Y supongo que tu hermano lo entiende también.

—Royce no sabe lo que dice.

—Me pregunto por qué. Quizá sea por su problema con la bebida, claro –dijo Kia entonces, sarcástica.

—¿Crees que te he mentido sobre eso?

—¿Por qué no? Es una buena excusa… para esconderme tu aventura con otra mujer?

Brant la miró, perplejo.

—Sólo voy a decir esto una vez: Royce tiene un problema con el alcohol, me creas o no.

—¿Y por qué no le has dicho que ésa es la razón por la que quedaste con su mujer?

—Porque hay más.

—¿Más?

—Eso es todo lo que puedo decirte por ahora.

Porque era culpable. Culpable de amar a la mujer de su hermano. Pensar eso le encogía el corazón.

—Todo eso da igual. Esto no va a funcionar, Brant. Me niego a ser una segundona.

Entonces, de repente, Brant la tomó por los

brazos y la besó con una fuerza inusitada. Era como besar a un extraño.

Hasta que el beso se hizo más suave. Durante un segundo, Kia se quedó sin fuerzas... y entonces Brant se apartó.

—¿Ése es el beso que se le da a una segundona?

—Sí —contestó ella—. Ese beso era para demostrar algo, no tenía nada que ver conmigo.

Brant soltó una palabrota.

—Kia, no seas tan...

—Déjalo, Brant. Y suéltame. No hay nada más que decir.

Había terminado. El final había llegado mucho antes de lo que esperaba.

—Kia, no es lo que tú...

Justo en ese momento se abrieron las puertas del ascensor y una mujer corrió a los brazos de Brant. Era una mujer rubia, pálida.

—Royce ha estado aquí, ¿verdad? —le preguntó, entre sollozos.

Brant la abrazó y Kia vio un brillo de desesperación en sus ojos. La amaba tanto que estaba dispuesto a pelearse con su hermano por ella...

—Julia, tenemos que hablar.

—Cariño, ¿qué vamos a hacer?

Kia no pudo soportarlo más. Brant y Julia

eran una pareja enamorada. Tenía que irse de allí. Tenía que olvidarse de Brant. Alejarlo de su vida y de su corazón para siempre.

–Kia –la llamó él.

–No puedo quedarme, señor Matthews.

–Pero…

–Lo siento. Tengo otras cosas que hacer… como usted.

Luego corrió hacia el ascensor. Lo último que vio antes de que las puertas se cerraran fue a Brant llevando a Julia, la mujer de la que estaba enamorado, a su despacho. Se le doblaron las rodillas mientras se apoyaba en la pared.

No se había sentido más desesperada en toda su vida.

Capítulo Diez

Kia fue directamente a casa y guardó sus cosas en una bolsa de viaje antes de salir disparada en el Porsche. Tenía que irse de allí. A cualquier parte.

Había perdido a Brant. Lo había perdido frente a la mujer con la que nunca podría competir. La única mujer que le había importado en la vida. Brant sólo quería su cuerpo hasta que Julia estuviera libre otra vez. Nunca había querido saber nada de su corazón.

Pero ella se lo había entregado de todas formas.

Y Julia pronto sería libre. Brant y Royce volverían a pelearse pero, al final, Brant ganaría la batalla. Entonces Julia y él lo celebrarían con champán y caviar y harían el amor con tal emoción que los ojos de Julia se llenarían de lágrimas…

Kia tuvo que tragarse un sollozo. El dolor era insoportable. Sólo esperaba que Julia no descubriera nunca qué clase de hombre era Brant. Un hombre que amaba a una mujer, pero se acostaba con otras para satisfacer su insaciable deseo.

Estando al norte de Australia, no era fácil salir de Darwin inmediatamente porque miles de kilómetros de desierto la separaban de las ciudades importantes del sur.

De modo que, durante dos horas, Kia estuvo en la playa Casuarina e intentó decidir dónde podía ir para lamer sus heridas. Por fin, el anuncio de una tormenta tropical la hizo levantar la mirada... y entonces vio el cartel de uno de los hoteles cercanos. Y tomó la decisión de quedarse allí unos días.

Se pasó esos días en el balcón de la suite o paseando por la playa, la brisa del mar un alivio ante la humedad causada por las lluvias monzónicas. Por las noches, se obligaba a sí misma a cenar en el restaurante e incluso consiguió sonreír como si su corazón no se hubiera roto para siempre y la comida no le supiera a plástico. Ya nada significaba nada sin Brant.

Pero tenía que calmarse y seguir adelante. Al día siguiente volvería a casa y recogería las piezas de su vida. Podía hacerlo. Tenía que hacerlo.

Pero antes debía hacer la llamada semanal a su madre y fingir que todo iba bien.

–Cariño, ¿cómo estás? –le preguntó Marlene.

–Bien, estoy bien.

–¿Seguro?

–Claro que sí. ¿Por qué lo preguntas?

–Estábamos muy preocupados. Brant ha estado buscándote…

–¿Brant?

–Sí, tu jefe ha llamado para preguntar si estabas aquí porque no habías ido a la oficina. ¿Dónde estás?

–Verás, es que fue una decisión de última hora. Como había tenido que trabajar durante las vacaciones, estaba muy cansada y… ¿Brant te ha dicho por qué me buscaba?

–No, pero supongo que sería algún otro problema en la oficina. Parecía muy disgustado, la verdad.

¿Disgustado? Debería estar encantado de la vida ahora que había recuperado a Julia.

–Bueno, el caso es que nos pidió que lo llamáramos en cuanto supiéramos algo de ti.

–Prefiero que no lo hagas, mamá. De verdad necesito unas vacaciones y…

–Cariño, tú no sueles salir huyendo de esa forma. Sé que eres una mujer adulta y hay cosas que, probablemente, una madre no debería saber, pero siempre estaré aquí para ti. Para todo lo que necesites.

Kia parpadeó para contener las lágrimas.

—Gracias, mamá. Es que necesito estar sola unos días.

—Esto no es por el trabajo, ¿verdad? Es por Brant.

—Sí —murmuró Kia—. Pero, por favor, no le digas nada. Luego lo llamaré para ver si hay algún problema en la oficina. Además, pensaba volver a casa mañana. Te llamaré entonces… incluso puede que vaya a verte dentro de unos días.

De repente, necesitaba estar en su casa. Sí, sería lo mejor. Su madre, mejor que nadie, entendería su pena.

—Cariño, puedes venir cuando quieras. Y, por favor, llámame mañana. Si no lo haces me preocuparé aún más.

—Te lo prometo.

—Y llama a Brant. Podría ser importante.

—Muy bien.

Kia colgó y se quedó mirando la pared. De modo que Brant estaba disgustado. ¿Y qué? ¿Qué pensaba, que iba a hacer una locura sólo porque amaba a otra mujer? Ella no era tan tonta. Tenía el corazón roto, pero la vida seguía.

Respirando profundamente, marcó el número de la oficina. Brant contestó de inmediato.

–Kia… ¿dónde estás?

–De vacaciones.

–Todo el mundo está preocupado por ti…

–No lo estarían si no hubieras llamado a mi madre.

–Tenía que saber si estabas allí.

–¿Por qué? Lo nuestro ha terminado.

–No digas tonterías. Lo nuestro no ha terminado en absoluto.

–Si crees que vamos a seguir manteniendo una aventura…

–Mira, no quiero hablar de esto por teléfono. Dime dónde estás e iré a buscarte ahora mismo.

–No –dijo ella, con firmeza.

–Kia, estoy empezando a perder la paciencia. Por favor, escúchame. Esto es importante. Tengo que verte. Necesito abrazarte y…

–Dios mío. ¿Una mujer no es suficiente para ti? Vete con Julia, Brant. Seguro que ella te estará esperando.

–Maldita sea, ya te he dicho…

–Iré a la oficina mañana. Hasta entonces, acepta que no tenemos nada que decirnos. Adiós, Brant.

–Kia, no cuelgues…

Pero ella colgó. Brant Matthews no podía decir nada que la hiciese cambiar de opinión.

***

A las doce, Kia salió del ascensor y se dirigió al despacho de Brant. Había ido directamente desde el hotel, con un top de color malva de punto, vaqueros blancos y sandalias. Nunca había ido vestida de manera tan informal a la oficina. Y era muy liberador.

Como la carta de renuncia que llevaba en la mano.

Claro que decirse a sí misma que debía sentirse liberada no era como sentirse liberada realmente. Eso llegaría con el tiempo. O, al menos, eso esperaba.

Por ahora, tenía que enfrentarse con Brant y terminar con aquello de una vez. Luego pondría un pie delante de otro y saldría de la empresa y de su vida. Para siempre.

Kia entró en el despacho y, haciendo un esfuerzo sobrehumano, lo miró a los ojos. Y, en ese instante, su corazón volvió a romperse por todo lo que no serían nunca. Había estado a punto de encontrar la felicidad... pero la había perdido.

—Kia —dijo Brant con voz ronca, levantándose.

—No voy a quedarme.

–¿Por qué no?

–Sólo he venido para una cosa –contestó ella–. Y no, no es lo que piensas.

–¿Qué pienso?

–En sexo. Es lo único que te interesa.

–No. Es lo que tú crees que me interesa.

–Ah, claro. De modo que es culpa mía, ¿no? –replicó Kia, irónica.

–¿Quién ha dicho que sea culpa de nadie?

Ella lo miró, atónita.

–¿De verdad piensas que es así como se mantiene una relación con alguien?

Brant levantó su barbilla con un dedo.

–Que dos personas se enamoren no significa que todo vaya sobre ruedas, cariño. Pero tampoco significa que deban romper con todo.

–En otras palabras, que debería dejar las cosas como están, ¿no? De verdad, eres increíble.

–Kia, ¿has oído lo que he dicho?

–¡No! No quiero oír nada más. Sólo he venido a darte esto –dijo ella, prácticamente tirándole el sobre.

–¿Qué es?

–Una carta de renuncia. Me marcho. Puedes romperla si quieres, pero eso no cambiará nada. Ya le he enviado la misma carta a Phillip por correo…

–No vas a marcharte –dijo Brant entonces.

—A menos que me encadenes al escritorio, no creo que puedas hacer nada.

—Encadenarte al escritorio suena muy bien en este momento —murmuró él, tomándola por los hombros—. Kia, escúchame. Te quiero. Te quiero, Kia Benton. Y no voy a dejar que te vayas de mi vida. No puedo hacerlo.

—Por favor, no me hagas esto… no puedo ser tu amante.

Él frunció el ceño, como si no entendiera.

—No quiero que seas mi amante. Quiero que seas mi mujer.

¿Su mujer? ¿Había dicho su mujer? No, no podía ser. Debía referirse a su mujer en el sentido carnal de la palabra.

—Lo siento, Brant. No puedo.

—¿Por qué?

—Me deseas, pero eso no es suficiente. Nunca será suficiente para mí.

—Es más que suficiente para los dos.

—No, te equivocas. No quiero ser la sustituta de Julia. No puedo…

—Kia, quédate.

—¿Para qué? ¿Y qué pasa con Julia?

—Julia es la esposa de mi hermano.

—Pero… tú estás enamorado de ella…

—¿Qué?

—Acabas de decirlo.

–¡Acabo de decir que estoy enamorado de ti!

¿Enamorado? Kia no lo creía ni por un momento. Podía estar encaprichado, pero, ¿durante cuánto tiempo? ¿Sería una treta para retenerla? Los hombres como Brant Matthews no amaban a nadie.

–Tengo que pensarlo.

–Tienes que creerme. Tienes que confiar en el amor que siento por ti –dijo él entonces, tomando su mano para ponerla sobre su corazón–. Escucha mi corazón, cariño. Escucha y aprende.

Kia podía sentir los latidos de su corazón bajo la palma de la mano. Podía oírlos mientras lo miraba a los ojos. Pero no podía ser…

–¿De verdad me quieres, Brant?

–A ti y a nadie más. Me di cuenta el día que te pusiste enferma. Estabas vomitando, despeinada… y supe que nunca me cansaría de mirarte y de cuidar de ti. Que, pasara lo que pasara, siempre te encontraría maravillosa.

A Kia se le doblaron las rodillas. Se sentía débil y mareada. Pero, por fin, lo creyó. Nadie podía mentir de esa manera.

–Brant… yo también te quiero.

–Lo sé.

–¿Qué?

–Cuando acepté que no eras una buscavidas, me di cuenta de que no te entregarías a mí a menos que… me entregases también tu corazón. Verás… tampoco yo supe escuchar a mi corazón entonces.

Kia se acercó un poco más, apretándose contra su pecho.

–Dame un beso.

Los ojos azules del hombre se oscurecieron mientras la tomaba por la cintura para hacer lo que le pedía. Y más. El beso fue tan lento, tan profundo que decía mucho más que las palabras.

–Oh, Brant… al principio no sabía que estaba enamorada de ti. Pensé que sólo me sentía atraída. Pero cuando hicimos el amor…

–Deberías haberme dicho algo.

Ella levantó los ojos al cielo.

–Sí, seguro. Y tú habrías salido corriendo.

–Amarte no es tan malo –rió Brant.

–¿Puedo recordarte esa frase dentro de cincuenta años? –bromeó Kia.

–Desde luego que sí. Ah, tengo una noticia que darte. Phillip se queda en Queensland, con Lynette. Ha decidido convertirse en granjero.

–¿Qué?

–Lo que oyes. Voy a comprar sus acciones y la empresa será sólo mía.

Ella asintió con la cabeza.

—En fin, yo creo que es lo mejor para todos. Aunque adoro a Phillip, la verdad es que era un ejecutivo desastroso.

—Sí, es cierto. Y hay otra cosa: Julia…

—No tienes que decirme nada —lo interrumpió Kia.

—Pero es que quiero hacerlo. Julia tiene un hijo de otro hombre. Lo tuvo a los dieciséis años y sus padres la obligaron a darlo en adopción…

—Dios mío, qué horror.

—Yo no lo sabía y tampoco lo sabía Royce. Pero recientemente los padres adoptivos murieron en un accidente y Julia, por esas casualidades de la vida, descubrió dónde estaba su hijo. Quiere recupcrarlo, Kia. Por eso acudió a mí. Royce había empezado a beber y sabía que la agencia de adopción no le daría al niño con un marido alcohólico.

—¿Royce sabe lo del niño?

—Acaba de enterarse, como yo. Y ha decidido que quiere adoptarlo —sonrió Brant—. Ha jurado dejar de beber y sé que lo hará. El primer paso es admitir que se tiene un problema. Eso es algo que mi tío no hizo nunca.

—Entonces, ¿has solucionado el problema con tu hermano? Me refiero a lo de Julia…

–Sí, lo hemos aclarado todo. Además, le he convencido de que tengo otros intereses –sonrió Brant, tirando hacia arriba del top malva.

–¿Está intentando seducirme, señor Matthews?

Él acarició sus pechos por encima del sujetador.

–¿Quiere usted que la seduzca, señorita Benton?

–No, creo que no –riendo, Kia corrió hacia la puerta para cerrarla con llave–. Esta vez voy a seducirle yo, señor Matthews.

–Supongo que se habrá dado cuenta de que esto es una oficina, jovencita.

–Ah, por eso hay un escritorio tan grande. Y ese sillón de piel… venga a sentarse, señor Matthews. Estoy dispuesta a tomar notas.

Deseo™

Puro deseo

Tessa Radley

Zac Kyriakos debía casarse con una
mujer pura de corazón y de cuerpo,
pero la búsqueda del millonario grie-
go parecía realmente difícil. Hasta
que conoció a la hermosa Pandora
Armstrong. Tenía juventud, belleza e
inocencia, todo lo que necesitaba.
Zac no tardó en conseguir cautivar a
Pandora con sus encantos y ya se habían casado cuando ella descubrió el
motivo por el que su esposo se había
esforzado tanto en enamorarla. Ya no
podía confiar en lo que su marido
sentía por ella... y se preguntaba si
querría seguir casado cuando se ente-
rara de que ella no era tan inocente como Zac creía...

**Ambos habían llegado engañados al altar...
¿Podría durar aquel matrimonio?**

Julia™

En aquellos siete años, Sarah Clay no había podido olvidar ni perdonar que Max Scalise la hubiera rechazado. Ahora Max estaba de vuelta en el pueblo y no paraban de encontrarse. El más mínimo roce seguía haciendo que todo su cuerpo se estremeciera, pero Sarah sabía que no debía dejarse llevar… ¿O acaso no lo sabía?

Muchas cosas habían cambiado, pero Max seguía tan enamorado de Sarah como siempre; sin embargo ella ni siquiera parecía querer mirarlo a los ojos. No obstante, Max estaba empeñado en recuperar su amor, aunque para ello tuviera que revelarle sus más profundos secretos.

Olívdemos el pasado
Allison Leigh

Olvidemos el pasado

Allison Leigh

El heroe del pueblo había vuelto… allí todo había cambiado excepto una cosa…

Bianca™

¿Sucumbiría a los encantos del jeque?

Rosalie Winters era todo un desafío: una mujer hermosa y distante que se negaba a participar en el juego de seducción del jeque Arik Kareem Ben Hassan y que carecía de sofisticación y malicia.

Arik sabía que, si realmente quería conquistarla, tendría que tomarse las cosas con calma. Rosalie era demasiado tímida, como si le hubiese sucedido algo terrible que la hubiera cambiado para siempre. Pero él sabía que tarde o temprano conseguiría que se abriese y aceptase el amor que sólo él podía darle.

Rendida al jeque

Annie West